KB239198

09. 기타비라

중국의 황금 게 [Golden Crab]

중국 유저들의 유연한 사고의 결정체.
움직이는 무기고가 되어 버렸다.

경경묵 게임 판타지 소설

기갑
전기 매서커
GAME FANTASY STORY

기갑전기 매서커 8

권경목 게임 판타지 소설

초판 1쇄 찍은 날 § 2009년 12월 21일
초판 1쇄 펴낸 날 § 2009년 12월 28일

지은이 § 권경목
펴낸이 § 서경석

편집장 § 문혜영
편집책임 § 정서진

펴낸곳 § 도서출판 청어람
등록번호 § 제1081-1-89호
등록일자 § 1999. 5. 31
어람번호 § 제1-1106호

주소 § 경기도 부천시 원미구 심곡2동 163-2 서경B/D 3F (우) 420-822
전화 § 032-656-4452 팩스 § 032-656-4453
http://www.chungeoram.com
E-mail § eoram99@chollian.net

ⓒ 권경목, 2008

ISBN 978-89-251-2030-0 04810
ISBN 978-89-251-1285-5 (세트)

권경목 게임 판타지 소설

기갑 전기 매서커

GAME FANTASY STORY

8

파편 주자 편

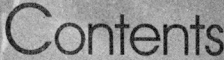

Contents

War 00
가라앉은 한국

機甲戰記
Massacre
기갑전기 매서커

16강, 이탈리아전을 하루 앞둔 전날.

충격! 대(對)독일전, 지휘부 부재의 전말!

근래에 인지도를 쌓은 가상 게임을 전문적으로 취급하는 개인 방송이었다. 자극적인 선전 문구가 나가자마자 실시간 방송 조회수는 1만에서 곧 10만으로 뛰었다.
방송은 첫 시작부터 자극적이다.

그날, 그들에겐 무슨 일이 있었나?

라는 고딕체의 커다란 문자가 지나고 곧이어 음성이 변조된 인터뷰 그림이 흘렀다.

─○○군단 소속 골렘 오너입니다. 최고 지도부에서 16강을 대비해 우리 군단은 독일전에 참전하지 않기로 했다는 통보를 받았습니다. 그것도 경기 당일 바로 5분 전에 말이죠… 미치는 줄 알았습니다.

─○○군단은 최고 지도부 직속의 정예 군단이죠?

질문하는 이의 모습은 보이지 않았지만 시청자들에겐 꽤 익숙한 목소리였다. 바로 방송인 담비였다.

"맞습니다. ***작업장에 소속된 골렘과 골렘 오너들로 이루어진 군단입니다. 우리끼린 ***군단이라고 부릅니다.

얼굴이 모자이크 처리된 청년의 말이 굵게 웅얼거리는 식으로 흘렀다. 그러자 그 옆에 자리한 인물이 분한 감정이 담긴 음성으로 거들었다.

─저는 &&&작업장 소속 골렘 오너입니다. 저도 그렇게 통보받았습니다. 당일 작업장에 도착해서야 알았습니다. 혹시나 해서 골렘 점검차 접속을 시도했는데 작업장 단말기엔 전원 자체가 차단되어 있었습니다. 매니저들도 영문을 몰라 하더군요. 그때 불길한 느낌이 들었습니다. 비슷한 생각을 한 동료들과 몰래 근처 가상 단말기 서비스점에 뛰어갔습니다. 그곳에서 접속을 했는데 주기장에 있어야 할 골렘이 사라지

고 없었습니다."

—주기장이 비었다고요?

—예, 골렘 마스터키는 작업장에서 전적으로 관리합니다. 이건 그때 기록한 그림입니다.

화면이 바뀌며 비쳐진 장면에서는 거대한 주기장은 텅 비어 있고 당황한 골렘 오너들이 삼삼오오 모여 웅성거리고 있는 그림이 흘렀다. 그러나 주기장 어디에도 사라진 골렘에 대해 해명할 책임자의 모습은 보이지 않았다.

이어 울먹이는 목소리가 이어졌다.

—사건 후 작업장에 강력하게 항의했습니다. 하지만… 돌아온 건 일방적인 해고 통보뿐이었습니다. 세상에 이런 기만이 어디 있습니까? 제 부모님도 거리 응원에 나가셨습니다. 게다 이젠 자식이 배신자 소리를 듣게 되었으니… 방송사에 찾아가 억울함을 호소했지만 취재 중인 사안이라며 기다리라고만 하더군요. 하소연할 곳이 없어요. 정말… 억울합니다.

비슷한 증언이 사람이 바뀌어가며 계속해서 흘렀다.

—작업장의 지시를 어기고 그날 접속했다는 이유로 한 달간 감봉 처분이 내려졌습니다. 작업장의 그날 행위는 절대 우연이 아닙니다.

거대 작업장에 소속된 골렘 오너들의 격앙된 반응과 거대 작업장을 중심으로 한 지도부를 규탄하는 내용들로 이어졌다.

그리고 주요 언론에 대한 불신도 간간이 내비쳐졌다.

그렇게 독일전에서 보여준 지도부의 부재와 그들 휘하 군단의 불참에 대한 다양한 음모론이 참전 골렘 오너를 중심으로 제기되었다.

대독일전이 끝나고 나서 이 같은 내용의 고발은 봇물처럼 터져 나왔다. 오늘 방송 역시 별달리 새로운 내용은 없었다.

그럼에도 시민들의 관심을 반영하듯 실시간 조회수는 30만을 넘고 있었다.

거리로 나온 시민들은 그만큼 열 받았음이고 궁금증을 풀어주지 않는 주요 언론에 대한 불신을 반영했다.

방송은 인터뷰 화면이 서서히 작아져 화면에서 사라지고 깔끔한 스튜디오가 나타났다. 회색 정장 차림에 검은 뿔테 안경을 착용한 담비가 탁자와 의자 두 개만 덩그러니 놓여진 스튜디오로 걸어나왔다.

가상의 공간이 아니라는 문구와 생방송이라는 문구가 교차하며 화면에 흘렀다.

담비가 착 가라앉은 이지적인 톤으로 말했다.

―대독일전에서 전 국민은 커다란 충격을 받았습니다. 현장을 중계한 저 역시도… 그런데 지금까지도 행사를 주도한 E&T 지휘부의 해명은 없습니다. 분명히 할 말이 있을 텐데 말입니다. 작전 전달에 커다란 착오가 있었다는 게 지휘부의

공식 입장인데… 글쎄요, 과연 그것만으로 지휘부의 부재를 설명할 수 있을까요? 좋습니다, 그 말이 사실인지를 지금부터 확인해 보도록 하겠습니다. 나오시죠.

말이 끝나기도 전에 선정적인 문자 타이틀이 흘렀다.

나는 고발한다!

밝은 스튜디오로 카키색 면바지에 헐렁한 하늘색 남방 차림의 여성이 등장했다.

여성의 걸음은 생방송임에도 꿀림이 없이 당당했고, 손에는 자료로 보이는 서류와 저장 장치가 들려 있었다.

강아지와의 산책에 어울릴 법한 가벼운 캐주얼 차림임에도 여성의 미모는 차가운 분위기와 맞물려 그림처럼 어울렸다. 눈으로 지시하는 이의 전형적인 도도함이 의상을 넘어 느껴진다고나.

이 자연스레 배인 카리스마에 담비의 눈이 살짝 흔들렸다.

담비는 정중하게 캐주얼 차림의 여성에게 스튜디오에 마련된 의자를 권했고 둘은 그림처럼 자리했다.

화사한 분위기의 두 사람이 마주하자 마치 유명 연예인끼리 대담을 나누는 그림과 흡사했지만, 두 사람의 얼굴엔 어색한 웃음기조차 자리하지 않았다.

여유로운 표정을 찾은 담비가 먼저 입을 열었다.

—먼저 본인을 소개해 주시죠?

—***작업장 임원입니다. 잘 알려졌듯이 국가 대항전을 주관하는 핵심 세력 중 한 곳입니다. 그리고…….

—그리고?

—***작업장의 모기업인 코어 코퍼레이션 주요 주주 중 한 명입니다.

—주요 주주라 하셨는데…….

—코어 코퍼레이션에서 제 주식 포션은 8.8%입니다. 이게 코어 코퍼레이션의 주주 명부고 세 번째에 제 이름을 확인할 수 있을 것입니다. 가족이 보유한 주식을 합산하면 코어 코퍼레이션의 과점 주주가 되겠지요.

캐주얼 차림의 여성이 머쓱하다는 듯 어깨를 으쓱했다.

반면 담비의 표정은 굳어졌다.

스튜디오의 분위기도 마찬가지였다.

순간 정적이 흐르며 화면이 정지된 듯한 그림이 흘렀다.

언급된 작업장의 임원이라는 사실만으로도 놀라운데 코어 코퍼레이션이라는 회사의 대주주라니!

진정한 거물이 등장한 것이다.

그리고 그 거물이 이렇게 젊은 아가씨라는 게 믿기지 않았다.

그 점을 반영하듯 조회수는 순식간에 30만을 넘어버렸다.

코어 코퍼레이션. 잘 알려진 기업임에도 그 구성원에 대해서는 알려진 게 거의 없다시피 한 기업이다. 인공지능과 가상 공간에 관련된 산업에 투자하는 투자 전문 기업으로, 작년 한 해 동안 인공지능과 가상 산업에 대한 투자 금액은 2조를 넘어서고 있었다.

코어 코퍼레이션의 본사는 여느 다국적 투자사가 그렇듯 조세 회피지인 카리브 해의 버진 아일랜드 제도에 있다.

그녀가 가족을 언급했으니 흔히 말하는 '로얄 패밀리'의 일원이라는 것이고, 다국적 투자사가 알고 보니 가족 기업이라는 것임이 밝혀졌다.

가까스로 표정을 수습한 담비가 조심스럽게 질문했다.

─내부 고발자로 방송에 나오셨는데… 정말입니까?

─그럼요, 제 본인의 의지와 의사로 이 자리에 나왔습니다.

모회사 코어 코퍼레이션에서 자회사인 작업장의 위치는 '캐쉬 카우'였다. 그리고 이 캐쉬 카우의 수는 전 세계에 흩어져 있기에 아무도 모른다.

그랬다. 전 세계에 산재한 대형 작업장은 코어 코퍼레이션의 핵심 사업이었다.

─그럼 이제 이번 대독전에 발생한 지도부의 부재에 대한 이야기를 들어보겠습니다.

'캐주얼녀'에서 갑자기 '재벌녀'로 화한 여성이 약간 뜸을 들인 후 입을 열었다.

—그러죠. 그러니까⋯ 결론적으로 말해 미국을 16강에 올리기 위한 과정에서 벌어진 일입니다. 모두 E&T의 흥행 성공을 위해서죠. 한국이 16강에 올라선⋯ 돈이 안 되죠. 간단하게 요약하면 그런 겁니다.

　그녀의 입에서 너무나도 담담하게 나오는 이야기는 듣는 이로 하여금 충격에 빠지게 하기에 충분했다.

　대독전에 국민이 빠졌던 충격에 버금가는 내용.

　급하게 담비가 따라붙었다.

　—그렇다는 것은⋯ 코어 코퍼레이션이 이번 사태를 주도했다는 건가요?

　캐주얼녀의 입에서 여유로운 미소가 가늘게 흘렀다.

　—아니요.

　—아니라니요? 조금 전엔 분명 흥행 성공을 위해서라는 말을 하셨잖아요?

　—16강에 오른 나라를 살펴보세요. 그것으로 충분히 답이 된 것 같은데요.

　—무슨?

　—E&T 국가 대항전은 전 세계를 상대로 한 흥행 사업입니다. 코어 코퍼레이션만 관심을 가지고 있는 게 아니랍니다. 수많은 자본이 이번 흥행의 귀추를 주시하고 있어요. 자본은 가상 국가 대항전이 올림픽, 월드컵 이상 가는 새로운 흥행 아이콘으로 자리 잡는 건 시간문제라 보고 있습니다. 아무래

도 첫번째 대회다 보니 대성공을 해야겠죠. 당연히 각본이 필요한 이유입니다.

—…각본?

—자본의 각본에선 한국의 역할은 그저 까다로운 조. 연. 일 뿐입니다. 승리하면 재미없고, 지면 왠지 통쾌한 그런 상대……

—…한국은 조연?

—그래요, 그것이 세계 자본이 한국을 바라보는 눈입니다. 주연이 되어선 안 되고, 또 되려고 해서도 안 된다는 게 코어 코퍼레이션만이 아닌 다른 투자사들의 공통된 판단입니다. 그 암묵적인 판단과 합의가 이번 사태를 일으킨 것입니다.

—다른 투자사도 이 사태에 책임이 있다는 말인가요?

—당연히. 제가 임원으로 있는 ***작업장이 코어 코퍼레이션의 자회사이듯 @@@작업장은 일본계 투자사의 자회사입니다. &&&작업장의 경우엔 중동계로 알려져 있죠. 다 아는 사실 아닌가요?

—……

—마녀사냥을 하고 싶으시다면 저희와 같은 대형 작업장이나 외국계 작업장이 그 대상이 될 수 있겠군요. 하지만……

말을 멈춘 재벌녀는 씁쓸한 미소를 지어 보였다.

—뭐죠?

―저희가 이런 결정을 할 수밖에 없는 근본적인 배경은 따로 있었어요.

―기업이니… 당연히 이윤 창출 아닌가요?

―맞아요, 투자자들은 수익에 민감하죠. 기대 수익 100%에서 0.1%라도 떨어지는 날에는 썰물 빠지듯이 빠져나가는 게 투자자들이니까요. 그리고 우리는 투자자들의 이익을 반드시 지켜야 하는 입장에 있고요.

―이 사태를 투자자들 탓으로 돌리려는 건가요? 그래, 누구의 이익을 지키려고 이 사태를 주도했나요?

―정말 알고 싶으세요?"

―당연히! 이 사태에 일조한 투자자들이 누군가요?

재벌녀는 자세를 고쳐 다리를 꼬며 잠시 뜸을 들였다. 그리고 투자자 명단을 화면창에 올렸다. 카메라가 화면창에 올라온 리스트를 잡았다.

―…바로 대한민국입니다.

―……!

그랬다. 리스트에 올라온 투자자는… 대한민국, 그 자체였다.

機甲戰記
Massacre
기갑전기 매서커

　투자자 리스트엔 대한민국의 주요 기관들이 빠짐없이 올라 있었다.

　―…국민연금 기금, 공무원 연금 공단, 사학 연금 공단…동네 새마을 금고까지 있군요. 대한민국의 기관투자가들이 우리의 투자자들입니다. 우리는 대한민국의 이익을 위해서 이 일을 모의할 수밖에 없었습니다.

　그랬다, 한국의 기관투자가들은 세계 자본의 흐름을 쫓았을 뿐이다.

　―말도 안 돼…….

　―우리의 투자자인 대한민국은… 한국 팀이 미국 팀을 이

기는 순간 1천억에 달하는 손해를 입었습니다. 그리고 16강이 확정되는 순간… 4천억의 투자 손실이 확정되었고요.

─설마?

─국가 대항전이라는 전 세계적 스포츠 이벤트가 성공해야만이 세계 자본이 수익을 내고, 그 수익이 대한민국의 기관투자가들의 수익으로 직결됩니다.

─그렇다면 기관투자가들은 한국 E&T에 투자하지 않았다는 건데…….

─예, 한국 E&T에 투자하지 않는다는 조건으로 우리는 투자를 유치할 수 있었습니다. 제가 아는 한 어떤 기관투자가도 한국 E&T에 10원짜리 동전 한 닢 투자하길 원치 않았습니다.

─아…….

담비의 입에서 허탈한 한숨이 새어 나왔다.

기가 막혔다.

이는 한국 팀이 승승장구할수록 대한민국이 손해 볼 수밖에 없다는 이야기가 아니고 무엇이랴.

마찬가지로 방송을 지켜보는 시청자들도 철없는 재벌녀의 고고한 철부지 투정과는 전혀 다른 이야기에 침묵 속으로 빠져들었다.

아니, 대한민국이 침묵에 들었다.

자국의 승리를 믿지 않는 한국, 대한민국이 이기면 대한민국이 손해를 본다.

그 손해는 고스란히 국민의 몫이기도 하다.

그러면서도 다시 부활한 국민 축제라며 거리 응원을 후원한 것은 또 뭐란 말인가. 모순 그 자체라…….

재벌녀는 긴 침묵이 어색한지 먼저 입을 열었다.

─아시다시피 큰 문제가 발생했어요. 한국이 승리하자 기관투자가들이 난리가 났어요.

─……?

─보통의 경우엔 자본 간에 광의의 합의가 이루어지면 저절로 흘러가는 게 일반적이고, 실제로도 그렇게 돼요. 하지만 이번 한국의 선전에 세계 자본은 당황할 수밖에 없었습니다. 한국이 미국을 이겨 버리다니……. 그때 투자가들의 반응은 경악에 가까웠어요. 흥행 몰이를 위해선 미국과 독일이 꼭 필요하니까요.

─끙…….

미국E&T 주가는 그날 12%상승으로 출발해 경기 종료 후 19%나 빠져 버렸으니, 수억 달러가 단 한경기 결과에 거품처럼 사라져 버린것이었다.

─미국의 16강 진출이 위태롭게 되었으니… 결국 자본이 해서는 안 될 일을 하고 말았죠, 바로 직접 개입을.

─…….

─투자가들의 압력이 구체적으로 있었어요, 한국 기관을

비롯한 전 세계에서. 어떻게 해서라도 한국을 16강에 올라가게 해서는 안 된다는… 강요에 가까웠습니다. 그것이 대독일전에서 한국 지휘부의 부재라는 식으로 나타난 것이고요.

—증거가……?

—한국 E&T 최고 지휘부가 모여 이를 모의한 동영상과 녹음 내용입니다. 그리고 이건 기관 관계자의 압력 통화 내용이고요.

—어떻게 이런 것을?

—돈은 잠을 자지 않잖아요.

—예?

—자본은 준비를 게을리하지 않습니다. 눈앞의 거대한 이익보다는 미래의 위험을 조금이라도 회피하기 위해 족쇄를 확실하게 채워둘 필요에 의해서죠. 그리고 투자가들이 거의 패닉 상태여서 보안엔 전혀 신경을 쓰지 않더군요.

—허…….

담비는 그저 허탈할 뿐이다.

재벌녀의 손에 들린 저장 장치가 스텝의 손에 건네졌다.

—그런데 이걸 왜 공개하시는 거죠? 당신은 크게 손해 본 입장 아닌가요?

—맞아요, 손해가 이만저만이 아니죠. 아무튼… 제가 이 흑막을 밝힌 이유는 개인적인 이유입니다.

─개인적?

─뭐가 문젠가요? 제 프라이버시를 밝히는 게 방송 목적은 아니잖아요?

─그건 그렇지만······.

자신이 관여한 작업장의 비리를 밝힌다고 해서 재벌녀에게 무슨 이득이 있단 말인가.

담비에겐 또 다른 궁금증만 던져 준 꼴이다.

담비의 이 궁금증 가득한 얼굴에 재벌녀는 어쩔 수 없다는 표정을 지으며 말했다.

─굳이 이유를 말하라면··· 거리 응원을 다시 보고 싶어서예요.

─예?

─그 순수한 열기에 찬물을 끼얹은 데 대한 사죄의 마음이라고 생각하세요. 저는 그 열기를 다시 한 번 당당하게 느껴보고 싶어요.

─그래도······.

여전히 납득되지 않는 담비였다.

시청자라면 몰라도 직접 대면하고 있는 담비는 그 점을 분명히 느낄 수 있었다.

재벌녀의 변심에 다른 이유가 있음을 직감적으로 느꼈다고나 할까.

어쨌든 이 버벅대는 모양새는 거의 전형적인 방송 사고다.

그래서인가 지금 재벌녀가 담비를 바라보는 눈은 차가움
보다는 친우를 대하는 친근함으로 가득 차 있다.

　이후 방송은 지도부의 부재를 모의하는 한국 E&T 지도부
의 모습으로 바뀌었다.

　그리고 기관투자가의 패닉에 가까운 반응까지도.

　실시간 조회수는 100만을 넘었고 다운로드 회수도 10만을
넘어서고 있었다.

　두 사람은 시청자와 같은 위치에서 말없이 화면에 나타나
는 모의과정을 지켜볼 뿐이었다.

　대독일전에서 드러난 야합의 전 과정과 배후의 실체가…
그렇게 국민들 앞에 적나라하게 드러났다.

　대한민국은 한국을 믿지 않았다.

　　　　　*　　　　*　　　　*

　—…가상 채널 Q의 담비였습니다.

　엔딩 멘트가 끝이 나고 두 여성의 굵은 윤곽만 남기는 식으
로 스튜디오의 조명이 줄어들었다.

　방송이 그렇게 방해없이 성공적으로 전 국민을 상대로 뿌
려졌다. 이를 통해 약간의 진실을 국민들은 엿보았을 뿐이
다.

그다음은 국민들의 몫이다.

누구는 행동을 할 것이고 누구는 침묵할 것이다.

조명이 밝아오고 온에어 사인이 빠지자 재벌녀는 자리에서 일어났다.

그녀의 담담하던 얼굴은 약간 붉게 상기되어 있었다. 그러다 곧 홀가분한 표정으로 변하더니 담비에게 손을 건넸다.

담비는 건넨 손을 마주 잡으며 더 물어볼 게 있음을 상기했다.

하나 먼저 입을 연 것은 재벌녀였다.

"그가 당신의 어떤 점에 끌렸는지 궁금했어요."

"예?"

"그가 당신에게 찾아가 보라고 했는데… 전혀 몰랐나요?"

"'그'라니요? 누굴 말하는 거죠?"

전혀 엉뚱한 재벌녀의 말에 담비는 자신이 할 질문을 잃은 채 말끝을 높였다.

담비의 영문을 모르는 듯한 반응에 재벌녀가 고개를 끄덕이며 말했다.

"…당신이 아니군요, 어쩐지……."

"예?"

점점 기분이 나빠지는 담비였다. 도대체 재벌녀가 말하는

'그'라는 인물이 도대체 누굴 말하는 것인지 의문만 증폭될 뿐이다.

"제가 내부 고발자로 나선 진짜 이유가 궁금한 거죠?"

"맞아요."

"전 그저 당당하게 그 사람을 마주하고 싶을 뿐이에요. 그뿐이에요. 소박한 이유죠."

"예?"

또 '그'가 등장한다.

담비는 재벌녀의 고발에 '그'라는 존재가 커다란 역할을 했다는 것을 짐작할 수 있었다. 한데 도대체 '그'가 누구란 말인가.

재벌녀는 홀가분한 표정으로 돌아섰고 궁금증을 풀지 못해 기분만 나빠진 담비만 스튜디오에 덩그러니 남았다.

그녀가 말한 그의 존재에 대한 궁금증을 풀지 못한 채.

혼란스러운 가운데 담비에게 묘한 느낌이 찾아왔다.

재벌녀가 말한 '그'가 자신도 알고 있는 사람이며, 조금씩 흐릿하게 윤곽이 떠오른다는 것이다.

그리고 스튜디오의 불이 환하게 켜지며 동시에 떠오르기 싫은 남자의 얄미운 표정이 불현듯 떠올랐다.

'…설마!'

*   *   *

대한민국 메이저 미디어가 진실을 다루지 않은 지는 이미 오래되었다.

맛집 정보조차 믿을 수 없을 정도.

미디어에서 토해내는 정보는 그렇게 공해 수준에 달해 있었다.

대한민국 국민이라면 누구나 알고 있다.

하나 지금에 와서 어쩔 것이랴, 조상 잘 둔 덕인 것을.

여하튼 주요 언론은 한국 축구팀의 16강 진출 소식으로 도배하고 있었다. 마치 그것만이 가치있는 유일한 진실인 것처럼.

국민들을 불러 모은 E&T 국가 대항전 소식은 간단한 자막으로 한 줄만이 스치듯이 지나갈 뿐이다.

어떻게 이런 일이 있을 수 있단 말인가.

권력의 트라이앵글이 이 모든 걸 설명한다. 이 트라이앵글은 자본, 정부, 언론으로 꼭짓점을 이루고 있다.

권력을 구성하는 강철의 삼각 연대라······.

당연히 현 세계는 자본이 피라미드의 상위 꼭짓점을 점하고 있다.

이 냉정한 자본을 정부가 따뜻하게 감싸고, 그 비열함을 숨기기 위해 언론은 열심히 분칠해 준다.

그렇다. 대한민국 언론은 이 사태가 발생했을 때 자본이 드리운 그림자를 분명 보았으리라.

그것이 바로 지금 이 순간 딴소리만 주구장창 해대는 이유다.

그렇게 알아서 움직인다. 아니, 긴다.

'카더라' 식의 가십거리를 양산하는 무책임한 황색 언론들만이 호들갑을 떨고 있다. 이 황색 언론은 권력의 삼각 연대를 절대 다루지 않기에 살아남은 채 정보의 통로 역할을 하고 있다.

그렇기에 정보에 목마른 국민들의 불만은 극도로 팽배해져만 가고 있었다.

도대체 누가 우리에게 진실을 말해준단 말인가.

진실!

대한민국엔 이 한 단어가 부재한 지 너무 오래되었다.

그러나 독일전이 끝난 이후 5일간 만큼은 길게 느껴지지 않았다.

타오르는 갈증에 국민들은 미칠 지경이다.

지금 이것이 대한민국 국민들이 처한 상황이었다.

국민들은 참담한 심정으로 온갖 미디어를 기웃거리고 있었다. 그거라도 하지 않으면 미칠 것 같았기에.

그런 중에 한 황색 언론에서 진실의 그림자를 들추었다.

보여줄 수 있을 때 보여주어야 한다, 깔 수 있을 때 까야 한다.

황색 언론의 기본이다.

담비가 소속된 방송사는 게임 안에서 벌어진 가십을 다루는 개인 방송사로, 기성 권력에 도전할 수 없는 사각 지대의 황색 미디어다.

수입은 오로지 실시간 조회수와 다운로드 횟수에서 나오기에 언제 사라져도 이상치 않는, 일명 하루살이 기업이다.

그런 의미에서 재벌녀의 행동은 최고의 선택을 한 셈이었다.

이 생방송을 무려 천만 명이 시청했고 1백만 명이 다운로드로 저장해 버렸다.

그녀는 음모의 주재자는 아니었다. 하나 음모의 주재자들은 재벌녀로 대표되는 자본을 위해 협잡을 모의했다.

자본을 이룬 투자가엔 대한민국도 포함되어 있었다.

국민의 이익을 위해……

여하튼 비밀을 감추어야 할 그 주체가 비밀을 털어놓은 것이다.

전 국민이 지켜보았고 진실을 공유하게 되었다.

어떤 이견이 있을 수 있단 말인가.

그렇게 주요 방송에선 절대 다룰 수 없는 사건이 발생하고 말았다.

이후 대한민국은 침묵에 들었다.

진실에 목말라 했던 국민에서부터 진실을 외면하려 했던

미디어까지… 모두가 조용히 입을 다물었다. 마치 아무 일도
없었다는 듯이.
　그리고 이탈리아전의 날이 밝았다.

　대한민국은 조용했다, 아니 고요했다.

機甲戰記
Massacre
기갑전기 매서커

거리는 유령 도시가 연상될 정도로 고요했다.

독일전에서 보여준 거리 응원의 열기는 대한민국 그 어디에서도 찾을 길 없다.

이 이상한 기류를 모든 미디어는 당연한 그림처럼 내보냈다.

그 어떤 선전도, 선동도, 규탄조차도 없다.

마치 온 국민이 오늘의 결전을 외면하겠다고 약속한 듯했다.

단 하루 만에 벌어진 일이다.

그 반면, 이 가라앉은 분위기를 외신들만 실시간으로 신나게 떠들어대고 있다.

해서만 단선 전열을 층층이 구축한 채 도열해 있었다.

이 247기 골렘의 외장갑 모양은 각양각색이었고, 도장도 통일성을 찾기 어려웠다. 기체의 종류도 마치 골렘 박람회를 방불케 할 정도로 다양했다. 그러나 그 와중에도 공통점이 있었으니, 기체의 피로도가 멀리서도 역력하게 느껴질 정도라는 것이다.

오직 기체의 피로감만이 이들의 공통점일까?

아니다.

이 247기의 개성 강한 골렘들에게 또 다른 공통점이 있었으니, 오른쪽 어깨엔 붉은 도장으로 'K'를, 왼쪽 어깨엔 청색 도장으로 'M'이라는 이니셜이 그려져 있다는 것이다. 독일전을 함께 치른 표시이리라.

바로 그들이었다.

매서커와 함께 독일전을 거친 그들이었다.

이를 웅변하듯 독일 고유 모델인 팬저와 타이거들이 무거운 중장갑을 떼어낸 상태로 하나의 무리를 이루고 도열해 있었다. 이 역시 다급하게 수리를 끝낸 흔적이 역력했지만 묘한 위압감을 풍기기엔 충분했다.

어쨌든 이들에게선 좀처럼 전달하기 힘든 '하나'라는 느낌이 전 세계인에게 강하게 느껴졌다, 조밀하게 원형진을 이룬 다른 하나의 무리보다.

―놀랍군요, 도저히 엉성한 배치로 느껴지지가 않습니다.

'대한민국! 한국을 외면하다!'

'스캔들 충격! 대한민국 침묵에 잠기다.'

'재벌녀의 바람… 대한민국, 철저한 외면으로 답하다.'

이탈리아의 달아오른 축제 분위기와 대비시켜 한껏 폭로 스캔들의 충격에 빠진 대한민국을 조롱했다.

자기 나라에서 자기들끼리 협잡한 내용이 밝혀진 치부이니 오죽 달콤할까.

'적은 이미 죽어 있다!'

이탈리아 언론은 자국 최고 지휘부의 말을 반복해서 전 세계로 흘려보냈다.

과연 그럴까?

…모를 일이다.

이제 결전의 시간이 되었다.

외신이 전한 그림대로 인적이 뜸한 가운데 대광장과 공원에선 광활한 홀로그램 영상이 경기 시간에 맞추어 어김없이 등장했다.

가상의 그림은 웅장했고 현실감을 선명하게 드러냈다.

커다란 호응의 함성이 이탈리아 거리 곳곳에서 터져 나왔다.

그 반면 대한민국은 현장에서 지켜보는 이들을 손가락으로 셀 정도였다.

철저한 무관심이 이런 것일까.

들러리를 서는 짓은 더 이상 하지 않겠다는 국민들의 의사

표현일지도.

…세계를 상대로 드러난 겉보기는 그러했다.

가상 세계가 열렸다.

회색 암반이 울퉁불퉁 삐져나온 푸른 초원 지대가 펼쳐졌다. 양이 풀을 뜯기에 딱 그만인 한가로움이 가득한, 그런 장소였다.

휘이이이이이잉—

부드러운 바람이 높게 자란 풀을 쓰다듬으며 지나갔다.

바로 이 장소가 한국과 이탈리아가 결전을 치를 전장이었다.

암석투성이 초원 지대는 누가 보아도 골렘이 기동하기엔 최악의 지형이 아닐 수 없다.

조밀한 대형을 중심으로 밀고 당기기 식의 지리한 진행을 방지하기 위한 E&T의 조치라지만 마치 이탈리아의 한 지역을 삽으로 떠다 옮겨놓은 듯하다. 이탈리아 유저에겐 익숙한 풍경일지 몰라도 한국 유저에겐 외계와 다를 바 없다.

전장의 면적 역시 독일전 때와 비교해 십분지 일로 줄어든 상태다.

도망가기 식의 유격전도 불가능하다.

그렇다.

기량 대 기량. 각 골렘 오너의 기량으로 전투의 향방이 갈릴, 그런 지형과 규모의 장소가 내던져졌다.

또다시 그림자의 입김이 느껴지는 대목이다.

머나먼 푸른 하늘에서 황녹색 빛줄기가 나타나더니 그 크기와 기세를 키우며 지면으로 떨어져 내렸다.

고오오오오오오오—!

거대한 유성.

유성이 가른 대기가 울렁거렸다.

이 유성 줄기는 곧 거대한 섬광을 일으키며 우산의 살대 같은 형국으로 사방으로 분리되었다.

파하핫—!!

여덟 줄기였다.

그중 한 줄기가 이 한적한 초원을 향해 무서운 속도로 떨어져 내렸다.

씨이이이이이이이잉— 쿠구우우우웅!!

운석이 충돌한 지면을 중심으로 대지가 벌떡 일어나 파문이 번지듯 주변 대지를 밀어냈다.

부르르, 화면이 떨리며 흔들렸다.

우르르르르르르릉—!!

Quest

운석 지대 쟁탈전!

'두 국가의 접경지대에 수수께끼의 운석이 떨어졌습니다.'

이 운석엔 알 수 없는 희귀 금속이 가득 포함되어 있습니다.

운석을 첨가해 제련한 금속 아이템은 기존 아이템에 비해 10% 이상의 강도와 5%의 중량 경감 효과를 가져다줍니다.

강철 거인의 성능 개선에 꼭 필요한 첨가제입니다.

운석의 채굴권과 제련 비법은 오직 승자만이 차지할 수 있습니다. 당신이 소속된 국가의 흥망이 이 결전에 달려 있습니다.

참전 보상:쟁탈전에 승리한 국가의 참전 골렘 오너에게 채굴 운석에 대한 분배권이 주어집니다.

16강 국가 대항전이 시작되었음을 알리는 신호였다.

Quest

승리의 조건!

'운석 지대의 점령자가 진정한 승리자입니다. 도망만 가서는 이길 수 없습니다.'

E&T는 각국이 예선전에서 보여준 지루한 유격전 전개와 수비 위주의 전술 전개를 방지하기 위하며 16강에서는 거점지대 점령전을 제안합니다.

전략 거점인 운석 지대를 점령하고 지켜내는 나라가 16강전의 승자입니다.

…점령하고 지켜내십시오!

승리의 조건이 달라졌다.

병력이 우세한 누군가에게 유리한 조건이 아닐 수 없다.

츄화앙—!!

초원 곳곳에서 빛기둥이 떨어지며 이공간 게이트가 나타나는 이펙트가 생겨나기 시작했다.

이탈리아 진영을 중심으로 수많은 빛기둥이 떨어진 반면 한국 측은 손으로 꼽을 정도다.

빛기둥을 뚫고 상기된 표정의 골렘 오너들이 하나둘 나타났다.

—아, 역시 스캔들의 충격에 한국 유저들이 영향을 받았어요. 한국 유저들의 대거 이탈이 관측됩니다."

—그렇군요. 이거, 16강전이 싱겁게 끝나겠는걸요. 경기 포기가 있을 수도 있겠어요.

—16강전부턴 경기 포기… 시 상대 진영의 골렘을 전부 몰수하게 되어 있습니다. 결국 참전한 이상, 경기 종료 시간까지 싸울 수밖에 없죠.

—자, 과연 한국 측 참전 유저는 과연 몇이나 될까요?

이탈리아 중계석에서는 그렇게 한국 유저들의 대규모 경기 불참을 예견하며 호들갑을 떨어댔고, 한국 측 중계석은⋯ 놀랍게도 공석이었다. 한국 유수 미디어 재벌이 중계를 예약했음에도.

여하튼 나타난 빛기둥의 수는 그들의 예상이 맞아가는 듯했다.

과연 이탈리아의 예측대로 한국 유저들이 대규모로 참전을 포기했을까?

아니었다.

하나의 빛기둥에서 수십 명의 유저들이 나타났으니⋯ 수백 명은 됨직했다.

―음, 이건 예상밖이군요.

―⋯뜻밖이네요. 하하, 그 덕에 이탈리아의 노획 골렘이 더욱 늘겠네요.

―하하, 그렇죠. 한국이 이탈리아를 밀어주려는 게 아닌지 싶군요. 아무튼 환영입니다.

한국 유저들은 포기하지 않았다. 하나 그럼에도 화면에 잡힌 한국 골렘 오너들의 표정은 그리 밝지 않았다.

이미 한국은 지휘부가 부재 상태이기에.

그럼에도 게이트를 넘어온 한국 측 유저들은 자신들의 위치를 찾아 질서있게 정렬했다.

그들은 크게 두 무리로 나뉘었다. 동료끼리 반가이 환하게 웃으며 서로를 격려하며 뭉치는 무리와 무표정한 것이 서로에게 화난 듯한 무리로.

이 두 무리 간의 거리는 이탈리아 진영과의 거리보다 멀었다.

같은 편임에도 서로를 바라보는 눈들엔 긴장감이 역력했다.

이 긴장감을 참기 어려운 진영이 먼저 움직였다.

후웅— 후웅—

소음과 함께 초원 여기저기 공간의 이지러짐이 생겨났고, 이 이지러짐을 뚫고 강철 거인들이 하나둘 소환되어 튀어나왔다.

화난 얼굴의 한국 유저들은 강철 거인의 탑승부가 열리자마자 강철 거인 속으로 사라졌다, 마치 숨어들어 가듯이.

이를 시작으로 이탈리아 진영에서도 강철 거인을 소환해 탑승하기 시작했고, 한쪽에 덩그러니 남은 나머지 한국 유저들은 안타까운 표정을 지으며 강철 거인을 소환할 수밖에 없었다.

한국 진영의 분위기가 가라앉은 그림을, 오히려 이탈리아 진영에선 지극히 밝고 활달한 면을 부각시켜 전파를 탔으니, 카메라 워킹이 편파적임을 느껴질 정도다. 2억이 넘는 시청자를 가진 이탈리아를 중심으로 그림이 돌아갈 게 자명한 상황이다.

16강전부터의 전장 중계는 오직 한 곳에서만 하도록 전송권이 세계 유수의 스포츠 중계 채널에 넘겨졌다. 공짜 맛보기를 먹여주었으니 이제부터 돈을 받겠다는 것이다. 이미 해적방송의 개입이나 전투에 참전한 골렘 오너조차 개인 동영상 녹화가 불가능하게 설정이 차단된 상태였다.

카메라가 전장을 하늘 높은 곳에서 평면으로 내려다 비추었다. 양 진영의 규모를 가늠할 수 있는 위치다. 크게 두 무리로 나누어져 있었고, 한국 진영만이 다시 두 무리로 분리되어 있음이 극명하게 드러났다.

그때 전력을 비교하는 자막 타이틀이 친절하게 흘렀다.

이탈리아 참전 골렘 기체 수:1,189기
대한민국 참전 골렘 기체 수:667기

그랬다. 한국 E&T 지도부가 그 휘하 군단을 대동하고 등장한 것이다. 한국 진영의 한쪽엔 한국 지도부를 중심으로 420기의 번듯한 외장갑의 신품과 같은 골렘들이 둥글게 이중 삼중의 띠를 이루며 포진해 있었다.

이 원형진은 지형의 영향으로 듬성듬성 빈틈을 드러내고 있었으니, 방어진으로서의 위력이 떨어짐을 능히 짐작할 수 있다.

반면 247기로 이루어진 골렘들은 오직 이탈리아 진형을 향

―동감입니다. 마치 하나의 유기체가 된 듯하군요.

―위용이 느껴진다는 생각이 저만의 것은 아니지 싶군요. 글쎄요, 한국팀이라기보단… M군단이라고 불러야겠군요.

M군단이라 정의한 이탈리아 중계석의 아나운서들의 목소리엔 상당한 난감함과 부담감이 역력하게 담겨 있었다.

―M군단이라… 동감입니다.

―그렇죠. 구분해 주는 것이 예의지 싶군요.

그들의 음성은 일말의 존경심마저 품고 있었다.

왜 아니 그럴까. 맞닥뜨리기 싫은 강타자가 바로 이들임을 전 세계가 인정하고 있다. 그리고 이 안엔… 혜성처럼 등장한 하이엔드 골렘 오너인 매서커가 있다.

매서커!

단 한 기가 독일전에서 보여준 활약은… 전율, 그 자체였다.

아니, 전 세계 E&T 유저들을 경악에 빠뜨렸다.

독일전에서 그가 획득한 킬 포인트는 아직 집계조차 올라오지 않고 있다.

그의 기체가 독일전에서의 폭주로 인해 한계를 드러냈다고 알려졌지만 이 자리에 참전했는지의 여부는 지금은 알 수 없었다.

그래서인지 이탈리아 중계석은 한국 팀에 대한 정보를 일일이 나열하면서도 매서커란 단어를 단 한 번도 언급하지 않았다.

마치 금지어라도 되는 것처럼.

어쨌든 이 M군단은 이탈리아에 도전하겠다는 의사를 분명히 표시하며 정면으로 당당하게 마주한 채 도열해 있었다.

이는 누가 보더라도 247기의 M군단만으로 1,189기의 이탈리아를 상대하는 형국이다.

한쪽에 떨어져 있는 한국 지도부는 여전히 방어적인 원형진을 고수하고 있었으니… M군단까지 잠재적인 적으로 간주하고 있음이라.

전력이 분단된 상태에다 같은 편을 견제하고 있는 모습을 고스란히 드러내고 있었으니… 한국이 처한 혼란상을 고스란히 옮겨놓은 듯했다. 그렇게 그 골과 간격이 적과의 거리만큼이나 깊음을 전 세계 시청자들에게 알렸다.

눈앞에 펼쳐진 전장은 집단전을 벌이기 힘든 지형과 크기이기에 시간 끌기식 유격전도 불가능하다.

승리의 조건도 다르다. 독일을 상대로 한 지연 유격 전술은 더 이상 의미가 없다.

거점 지역을 중심으로 한 골렘 오너들의 일대일 겨룸에 의해 승리의 향방이 결정될 것이다.

여하튼 전력면에서, 그리고 소극적이다 못해 비협조적인 한 무리와 함께한 한국의 전력은 한심하게 비추어졌다.

이탈리아 중계석은 한 번도 언급하지 않은 매서커의 존재를 털어내고 싶은지 화제를 돌렸다.

　―두 패라… 배신자들은 초라하군요.

　―아시다시피… 안타까운 일이죠. 우리 이탈리아와 붙기 전에 자기들끼리 시시비비를 가릴 기회를 주고 싶을 정도입니다.

　―한데 용맹한 M군단의 참전은 이해가 가는데, 저들은 왜 나타났을까요?

　―예선전을 치른 나라에 주어지는 참가비와 아이템 배분 때문이 아닐까요? 아시다시피 16강에 참가해야 예선전 참전 배당이 주어지는 방식이니까요.

　―만약 그걸 노렸다면 추하기까지 하군요.

　―한국이잖아요.

　―하하하!

　―허허허!

　가치가 있는 적은 247기가 전부다. 나머지는 차마 언급하기에도 입만 더러울 존재다, 라는 멘트가 이어졌다.

　그렇게 비아냥과 조롱을 한껏 퍼부었다.

　매서커의 존재를 한국을 비웃는 것으로 잊으려 했고, 이는 효과가 있었으니 이탈리아 진영은 여유가 철철 넘쳤다.

　독일처럼 유격전에 휘말릴 이유도, 거대 병단끼리의 지루한 집단전을 치를 이유도 전혀 없음을 알기에.

　이탈리아 유저들이 확성관을 통해 한국 진영을 향해 일제

외면하는 한국 47

히 외쳤다.

[루저~! 루저~!! 루저~!!!]

무엇을 뜻함인가.

이 뜻을 모를 한국 유저들은 없다.

유치한 야유지만 한국 유저들에겐 가슴 아프게 파고들었다.

'한국을 믿지 않는 한국' 이라는 국제적인 가십거리로 전락했음이다.

무려 3승으로 16강에 당당하게 오른 나라가 들을 야유는 아니잖은가. 그렇게 이탈리아는 승리를 위해 한국을 자극했고, 한국 유저나 시청자 누구 할 것 없이 심장에서 피가 부글부글 끓어올라야만 했다.

이탈리아 중계석은 신이 났다.

─여어~ 이런 식으로도 사기를 꺾는군요.

─꺾일 사기라도 있는지 의문입니다. 하핫!

─감히 낙승을 예상합니다.

─동감입니다.

이탈리아는 이번 가상 국가 대항전 스포츠 이벤트에서 최대 수혜국이었다.

한국과 마찬가지로 이탈리아 유저들은 화려한 개인기 위

주의 골렘 기동을 통해 세계적으로 유명했다. 국가 대항전이 있기 전까지만 해도 세계 랭킹 10위 안에 든 골렘 오너가 3명이나 되었고, 하이엔드 골렘 오너로 인정된 유저의 수만 30명이나 배출한 상태다.

전 세계 하이엔드 유저 중 10%가 이탈리아에서 배출된 셈으로, 참고로 한국의 하이엔드 유저 비율은 3% 정도다.

E&T에서만큼은 하이엔드 유저에 대한 평가는 다른 가상 게임들과 다르다.

골렘에 탑승한 상태에서 동화율을 유지하기란 여간 힘든 게 아니다.

가상 환경과 연동된 동화율과는 다른 것이다.

E&T는 Part 2로 이전한 뒤론 골렘과의 연동된 동화율로 하이엔드 유저를 가름하기에 이른다.

동화율 90%에 달한 유저가 골렘에 탑승해서 10%의 동화율을 유지했다. 그 반면 18%의 기본 동화율을 가진 유저가 골렘에 탑승해 70%의 높은 동화율을 기록하기도 했다.

물론 이 18%의 동화율로는 골렘 오너가 되기 위한 히든 클래스를 부여받기조차 힘드니 원천적으로 이런 특별 케이스는 존재하지 않는다. 이는 다만 체험 이벤트에서 예였다.

그렇기에 높은 가상 동화율을 가진 유저가 골렘과의 높은 동화율을 유지해야 되는 게 하이엔드 유저의 조건이다.

공식적으론 골렘에 탑승한 상태에서 80% 이상의 동화율을 이루면 하인엔드 골렘 오너 후보의 자격을 부여한다.

이 후보 상태에서 일정 이상의 참전 횟수와 우수한 전과를 기록한다고 해서 하이엔드 유저로 인정되는 것도 아니다. 전장에서 하이엔드 유저를 이기거나 하이엔드 후보 3명을 이겨야만 하이엔드 유저로 인정되는 것이다.

E&T 최초로 Part 2로 넘어간 선두 국가가 이탈리아다.

이를 바탕으로 수제 명품 골렘을 생산했고 기동 노하우 역시 쌓일 대로 쌓인 상태다. 테스트 식으로 유럽 국가 간에 수많은 국가 대항전을 경험하기까지 했다.

그 노련함을 이탈리아는 예선전에서 세계인들에게 유감없이 증명했다.

호주, 브라질, 남아프리카 공화국이 이탈리아에 패했다. 아니, 털렸다.

정정당당하게, 화려하게 압도적으로 승리했기에 이탈리아인들을 열광시켰다. 특히 이탈리아는 800기로 시작해 3차례의 예선전을 거치며 차곡차곡 전력을 부풀린 유일한 국가이기도 했다.

집단으로 적의 전열을 뚫고 이후 벌어진 개인기를 바탕으로 한 단병접전에서 새로운 하이엔드 골렘 오너들을 배출했으니… 킬 마크 20개를 넘긴 골렘 오너가 무려 18명이나 되었다.

그 반면 한국은 이탈리아를 능가하는 전과를 이룩했음에도 전력을 부풀리는 데는 실패하고 말았다.

독일을 상대로 승리했지만 그 여파는 피로도가 역력한 247기의 M군단이 한국이 처한 형편을 말해주고 있다.

수많은 기체를 노획했지만 이를 수리해 전력으로 전환하기엔 시간이 부족했고 반파된 골렘이 부지기수였다. 아마 한국이 이탈리아를 이긴다면 다음 상대는 엄청난 전력을 가진 한국을 마주하겠지만, 눈앞의 상황은 절대적으로 한국에 불리한 상태였다.

그렇게 한국 측에 절대적으로 불리한 가운데 전투 개시까지 30분이 남은 상태가 되었음에도 아무런 변화 없이 먹먹한 시간만 흐르고 있었다.

—이런, 우리 중계가 한국 시청자들에게 36%의 시청률로 전송되고 있다는군요.

—그들에겐 적을 믿는 게 차라리 속 편할 겁니다. 하하!

*   *   *

한국은 착 가라앉은 분위기 속에서 부글부글 끓어오르고 있었다.

국민들은 이 가상 공간을 가정에서 가족과 친우들과 모여 지켜보고 있었다. 단지 국민들은 그 어느 때, 그 어느 시절보다 냉정해졌을 뿐이다.

한국은 위대한 한국을 소망했다. 그리고 그 소망에 열정을 담았다.

열정을 품은 심장은 뜨겁게 뛰었고, 그 심장은 아직도 뛰고 있다.

…차갑게.

그랬다. 전 세계 외신이 전하는 것과는 달리 국민들은 대한민국을 외면하진 않았다.

독일전에서 기적을 보여준 불굴의 전사들을 어떻게 외면할 수 있단 말인가.

그저 그들이 모욕당하지 않기를 바라며 두 손 모아 기원할 뿐이었다.

＊　　　＊　　　＊

M군단 전용 통신관으로 성원 중 누군가 공개적으로 말했다.

[매서커님? 궁금한 게 있습니다. 하나만 물어봐도 될까요?]

"예, 말씀하세요?"

지오는 선선하게 응했다.

[…음, 왜 나오셨어요?]

모두가 그 점이 가장 궁금했다.

마찬가지로 자신들은 왜 이 자리에 나타난 것일까?

지오는 머리에 떠오르는 대로 답했다.

"저를 위해서죠."

[예?]

"…아이템 앵벌이입니다. 이탈리아 골렘이 은근히 명품이 잖아요."

[……]

통신관에 일시에 정적이 흘렀다.

매서커… 개념 유저였다.

[와하하하─.]

통신관에 웃음으로 가득 찼다.

구구구구궁─!

전장이 고요한 가운데 가벼운 진동이 이탈리아 진영에서 부터 시작되었다. 이탈리아 진영에서 일단의 화려한 골렘이 백색 깃발이 매달린 기다란 창대를 들고 한국 진영을 향했다.

전투 전에 무언가 협의를 하고자 함인데, 이들이 향한 곳은 한국의 공식 지도부가 위치한 원형의 진영이 아닌 M군단을 향하고 있었다.

이 백색 창대를 앞세운 골렘으로 이루어진 사절단은 M군 단 진영의 50미터 앞에서 정지했다. 그들이 착용한 무기는 짧 은 단검이 전부였다.

골렘의 확성관을 통해 이탈리아어가 흘러나왔고 그 내용 은 자막으로 동시통역되어 한국 측에 전달되었다.

[이탈리아 전선 통보관입니다. 바뀐 규정으로 인해 이렇게

골렘 안에서 이야기할 수밖에 없음을 양해 바랍니다.]

약간의 침묵이 있었다.

[한국의 진정한 대표는 M군단 여러분들입니다. 이탈리아인을 대표해 진심으로 경의를 표합니다. 이는 전 세계인이 인정하는 사실입니다. 이에 우리 이탈리아는 품격 높은 M군단에 제안할 것이 있습니다. 대표자는 앞으로 나서주십시오.]

"……."

이에 M군단 내에서 비무장 상태인 8기의 골렘이 단선 전열 선두 곳곳에서 튀어나왔다.

구르르르르릉―

독일전을 거친 뒤 급하게 만든 통합 M군단의 집단 지도부였다.

이 집단 지도부는 매서커를 M군단의 최고 지휘자로 선출했고, 이를 M군단 구성원들 모두는 전적으로 받아들인 상태다.

상징적인 존재가 매서커 외에 누가 또 있을 수 있단 말인가.

한 발 앞에 나선 이탈리아 전선 통보관이 탑승한 골렘 앞으로 한 기의 독특한 골렘이 나아가 마주 섰다.

불길한 암청색 도색에 부드러운 곡선 외장갑의 나이트 급 골렘이었다. 그러나 양어깨 어디에도 M군단의 공통 이니셜이 새겨져 있지 않았다.

이 독특한 골렘의 확성관에서 담담한 목소리가 흘러나왔다.

"M군단의 대표, 매서커입니다. 이탈리아 영웅들을 환영합니다. 이탈리아 전언을 말하십시오."

그는 지오였다.

"……."

시간이 멈춘 것 같은 정적이 흘렀다.

시청율이 가파르게 오르기 시작했다.

매서커의 등장에 당당하던 이탈리아 전선관의 목소리가 가늘게 흔들렸다.

[…영광입니다. 그, 그럼 이탈리아 최고 지도부의 전언을 전하겠습니다.]

이탈리아 전선 통보관은 이후 낭독하는 식으로 전언을 말했다.

[M군단이 독일전에서 보여준 감투 정신에 우리 이탈리아는 진심으로 경의를 표하는 바이다. 이에 이탈리아 지도부는 M군단에 명예로운 철수를 정중히 권하는 바다.]

낭독은 잠시 중단되었다가 이내 이어졌다.

[명예로운 철수란, 다시 말해 M군단은 무장과 소유 골렘을 유지한 채 물러나는 것이다. 자긍심 높은 이탈리아인의 명예를 걸고 M군단의 안전을 약속하는 바이다. …이상입니다.]

이탈리아의 제안이 그렇게 전 세계에 전달되었다.

저 너머 위치한 배신자를 대신 처단해 주겠다는 달콤한 제안이 아닐 수 없었다.

전선 통보관은 다시금 뜸을 들였다 말을 이었다.

[성원들과 의논할 시간을 충분히 드리겠습니다.]

한데 매서커의 골렘에서 단호한 어투의 말이 빠르게 흘러나왔다.

"지금 바로 대답하겠습니다. 우리는……."

[……?]

"우리는… 한국인입니다. 이게 우리 M군단의 답입니다."

[…….]

이건 또 무슨 말인가.

한국인?

그래서 어떻게 하겠다는 말인가.

하나 한국인이라면 지오의 말에 실린 어감에서 이탈리아의 제안을 절대로 수용할 생각이 없다는 것을 느낄 수 있었다.

만약 그렇다면 지오가 세계인이 생각하는 한국인에 대한 생각을 새로 정의하고자 함인데…….

지오가 생각하는 한국인이란 과연 무엇일까?

정말로 아이템 앵벌이?

…알 수 없다.

*   *   *

우리 끝까지 놀아보자!

쿨 하게—!

지오가 M군단의 전우들과 내린 결론이었다.

[…안타까운 결정입니다. 하나, M군단다운 결정이지 싶군요. 여러분의 결정을 존중합니다.]

이탈리아 전선 통보관의 목소리엔 안타까움이 가득 담겨 있었다.

그는 골렘의 주먹을 지오의 골렘을 향해 살짝 내밀었다, 도전이 아닌 친근함의 표시로.

[그럼 우리 이탈리아는 개전과 동시에 M군단에 도전하는 바입니다. 여러분의 명예로운 최후를 책임지겠습니다. 그럼 무운을…….]

"기대하겠습니다. 무운을……."

지오는 이탈리아 대표가 내민 강철 주먹에 강철 주먹을 마주치는 식으로 답했다.

주먹이 마주치며 맑은 금속음을 대기 중에 퍼뜨렸다.

쩡—!!

Quest

협상 결렬.
'이탈리아의 모든 전력이 한국 M군단을 최우선적으로 주시합니다.'
한국의 M군단이 선의의 제안을 거부했습니다.

그 결과는 엄중합니다.

이에 이탈리아는 반드시 M군단을 섬멸해야 합니다. 섬멸 시 M군단에

주어질 예선전 참전 배당이 이탈리아에 주어집니다. 만약 섬멸 실패 시

예선전 참전 배당의 80%가 차감되어 지급되어집니다.

(섬멸 판정 기준은 생존율 15%입니다.)

반대로 한국의 M군단이 이탈리아전에서 승리한다면 이탈리아에 주어

지는 예선전 참전 배당이 M군단에 주어집니다.

    이로써 확실해졌다, E&T가 한국의 M군단을 붕괴시키려고
작정했음이.

   …아니, 어쩌면 그 대상이 매서커일지도.

War 03
끓어오르는 한국

機甲戰記
Massacre
기갑전기 매서커

이탈리아 사절단은 자신들의 진영으로 돌아갔다.

사절단은 분명 예고했다, 이탈리아의 전 병력이 M군단을 상대로 전투를 개시할 것이라고.

단체 퀘스트가 던져지며 이를 당연한 수순으로 만들었다.

이 때문에 M군단 대표들은 씁쓸한 마음으로 진영으로 돌아서야 하는데, 실제는 그렇지 않았다.

궁금증이 풀려서다.

진짜!

여기까지 온 것이 기적이다. 더 이상의 기적은 없지 싶다.

이는 M군단 성원 전부의 공통된 생각이었다.

하나 마지막까지 지키고 싶은 게 있어 이 자리에 섰다.

그것은 자존심?

글쎄, 자존심이라 하기엔 왠지 설명이 부족했다.

그간 고생한 배당이 탐이 나긴 하지만 그것만으론 부족하다.

이미 M군단엔 수많은 노획품으로 배당에 구애됨 없이 16강전에 참전하지 않아도 되는 유저들이 대다수다. 사실이다. 시쳇말로 한 밑천 톡톡히 챙긴 상태.

그렇기에 독일전 이후 참전을 성원 개개인의 자유 의사에 맡겼다.

한데 M군단의 성원들은 최선의 준비와 극상의 장비를 탑재한 채 이탈리아전에 임하고 있다.

이렇게까지 참전할 줄이야!

참전하기는 했는데 이 자리에 있게 한 이유가 무엇인지 모두가 알 수 없었다.

무엇에 홀린 것처럼 참가한 것이다. 그런데 지금에야 그 답을 알게 되었다.

'우리는 한국인입니다.'

이 말이 답이었다.

상처받은 자존심 이상 가는 가치가 그 안에 담겨 있었다.

우리는 한국인이니까!

그래, 나는 한국인이니까!

이는 진부한 애국이 아니다.

대한민국. 사랑하고 싶다고 사랑할 수 있는 나라가 아니다.

이는 태어나고 자란 땅에 대한… 거기에 살고 있는 사람에 대한 사랑이리라.

저런 한국인도 있지만 이런 한국인도 있음을 보여주고 싶다.

비열한 내가 있지만 당당한 나도 있음을 보여주고 싶다.

저기 비열한 내가 있음에 여기 당당한 내가 있음이라.

비굴한 내가 있지만 용기있는 내가 있음을 보여주고 싶다.

저기 비굴한 내가 있음에 여기 용기있는 내가 있음이라.

나에게 배려없는 내가 있지만 자신을 사랑하는 내가 있음을 보여주고 싶다.

저기 야비한 내가 있음에 여기 배려 깊은 내가 있음이라 말하고 싶다.

비열하고, 비굴하고, 배려없는 나도 한국인이고… 당당하고, 용기있고, 나를 사랑하는 나도… 똑같은 한국인인 것이다.

네가 있기에 내가 있고, 내가 있기에 네가 있음이라.

이는 누구를 위해서가 아닌 바로 우리 자신을 위해서다.

그렇다.

바로 나를 위해!

한국인인 나를 위해 이 자리에 선 것이다.

지오의 이 대답 한마디에 M군단 성원들의 입가에 미소가 절로 걸렸다, 홀가분하면서 뿌듯한 답을 찾은 그런.

조용하던 M군단 지도부의 통신관이 열렸다.

[히야, 매서커님 근처에 우리 군단이 붙어 있는데… 이거, 집중 타깃 당하는 거 아냐?]

[그래?! 그거 잘됐네, 우리랑 자리 바꾸자.]

[어허, 대박 명당 자리를 양보할까 봅니까?]

[금세 말 바꾸는 거 봐라?! 그러지 말고 우리랑 바꾸지.]

[흐음, 자릿값 붙여주면.]

[자릿값? 그거 못 붙여줄 게 없지. 좋아, 우리 병단이야 언제나 준비가 되어 있지. 계좌 불러.]

[…무슨 농담을 못해요.]

[카카카!]

[하하하!]

일시에 모두의 통신관에서 가벼운 야유와 웃음이 터져 나왔다.

이어 성원들의 목소리가 중구난방으로 이어졌다.

[우, 그러지 말고 자리 양보하삼—]

[어허, 이 사람들아. 매서커님 곁에는 우리 원조 M병단이 있으니 걱정 붙들어 매시게나.]

[그럼, 그럼. 결승전까지 확실하게 매서커님을 쩔.해.주.

겠.어.]

　[그래요, 오늘부터는 우리가 매서커님을 밀어드리겠습니다. 커커.]

　[덕분에 쌓은 포인트가 얼마인데, 이참에 보답을 해야지.]

　[포인트는 포인트로! 매서커님, 쩔받으세용—]

　[아~ 우리도 쩔해주고 싶다능.]

　[쩔받고 싶은 거겠지.]

　[들켰네. 카카카!]

　통신관을 통해 웃음과 여유가 번졌다.

　지오는 전우들의 여유 넘치는 대화를 들으며 절로 입가에 미소가 걸렸다.

　이탈리아전을 앞두고 부담감이 막중했는데 지금 이 순간에 모두 날아가 버렸다. 이들과 어깨를 나란히 해서 싸울 수 있다는 사실이 뿌듯했다.

　가슴 가득 뜨거운 것이 들어차며 먹먹해졌다.

　…하나되는 느낌!

　[크!]

　'이봐요, 난 멀쩡하다고요. 내가 쩔받을 상황이 아닌데……'

　새 골렘을 타고 나타나서이리라.

　새로운 골렘이 아무리 성능이 우수하더라도 킬 포인트와 참전 포인트로 튜닝을 마친 골렘에 비할 바는 못 된다.

그랬다. 완성된 골렘은 없다.

대신 거듭된 튜닝을 통해 골렘이 완성되어 갈 뿐이다.

그래서 전장에선 신형 골렘이 좋은 먹잇감으로 취급당한다.

아무리 뛰어난 골렘 오너라도 한 번 애기(愛機)가 대파된 뒤엔 새로운 골렘으로 예전 명성을 회복하지 못하는 경우가 허다하다.

그렇기에 베테랑 골렘 오너라면 누구나 신형 골렘 곁에 있기를 꺼린다.

한데 지오의 경우는 전혀 다른 상황이 벌어진 것이다.

누구나 그의 곁에 있고 싶어하고, 서로 나서서 그를 지켜주기를 원하고 있다.

이미 M병단 내에선 자신 곁에 배치되기를 바라는 경쟁으로 제비뽑기를 해야 할 상황이 벌어졌었다.

그런데 지금 이야기를 들어보니 M병단을 지원하기 위해 병단 간 위치 지정을 놓고 병단장들끼리 제비뽑기를 했다는 것이 아닌가.

농담이지만 웃돈까지 붙었다.

지오 자신은 모르고 있었다, 자신의 위치성과 상징성을.

독일전에서 지오는 폭주했다. 아니, 열폭했다.

혹자는 자폭이라고까지 말한다.

실제 개량 포인트가 쌓인 깡통 주전자의 주요 관절과 장갑은 재생 불가능한 상태에 빠지고 말았다. 그나마 엔진과 펌프 같은 핵심 기관들이 던전 출토품이라 무사한 정도였다.

이것들은 다른 기체에 이식만 하면 된다.

하나 그 속사정을 알고 있는 사람이 과연 몇이나 이 자리에 있겠는가.

그 속내를 알지 못하기에 지금과 같은 상황이 벌어진 것이다.

지오는 난감했다, 자신이 탑승한 '철기린'이 어떤 골렘인지 잘 알기에.

철기린… 이는 한국의 고유 모델이기도 하다.

'이참에 골렘 사양 공개를 해?! 아서라, 미움받을라.'

지오가 E&T를 Part 2로 넘긴 한국 최초의 '파편 주자'라는 것과 Part 2에서 제일 앞서 나간 골렘 오너라는 사실을.

지오에겐 독일전에서 망실당한 골렘만이 있는 게 아니었다. 남들보다 먼저 콜렉션을 갖추었고, 누구보다 앞서 포인트를 쌓아 선구적인 튜닝으로 포인트를 소진했다. 단지 이를 자랑하지 않았을 뿐이다.

그렇게 한국의 참전 유저들은 지오의 상황에 대해서 철저히 오해하고 있었다.

'흐흠, 지켜주고 싶은 공주가 된 기분이 이런 건가?! 이거, 상당히 기분 나쁜 거네.'

반면 같은 판단으로 이탈리아는 이를 기회로 보고 있었다.

―보고된 바 없는 신형입니다.

―역시 독일전에서의 행동은 폭주 기동이었어요.

―애기(愛機)를 망치다니… 안타까운 일입니다. 그를 상대하기 위해 이탈리아 랭커들이 단단히 벼르고 있는데 말입니다.

―우리 이탈리아 랭커라면 독일전에서와 같이 그런 자폭식의 기동은 하지 않았을 겁니다.

―그게 관록의 차이란 거겠죠.

―아무튼 골렘 유저들은 저런 신품 골렘을 베이비라고 부르더군요.

―딱이군요. 하하하!

이탈리아 중계석이 쾌재를 불렀다.

중계 영상으로 지오의 골렘이 집중적으로 비추어졌다.

자막으로 친절하게 '매서커' 라는 타이틀을 매다는 식으로 꼬리표를 확실하게 붙였다.

이는 '바로 이놈을 잡아라!' 라는 지령을 내리는 것과 다름없음이다.

매서커는 아무리 깎아내려도 부정할 수 없는 전 세계가 주목하는 골렘 오너다.

하늘에서 뚝 떨어진 하이엔드 급 유저로, 기존의 E&T 유저 랭킹 시스템을 뒤흔들었다.

그는 국가 대항전에서 랭커로 대변되는 하이엔드 급 유저를 상대로 이긴 적은 없다. 하나 다른 하이엔드 유저들로서는 감히 엄두도 못 내는 업적을 일구어냈다.

바로 한 개인의 힘으로 국가전을 승리로 이끈 것이다.

그런 요주의 인물이 처음 시작하는 신품 골렘의 오너로서 등장했다.

골렘 오너로서의 개인 포인트는 쌓였을지 몰라도 쌓인 개량 포인트가 없는 골렘을 타고 이탈리아전에 임할 수밖에 없다.

튜닝 기회를 이제부터 쌓아야 하는 것이다.

이 차이는 크다.

그리고 이것이 이탈리아가 노릴 수 있는 기회!

모든 골렘의 주요 기관은 개조 포인트로 성능 향상이 가능하도록 되어 있다.

튜닝을 통해 더 오래 기동하고, 더 빨리 움직이고, 더 두터운 장갑으로 채용할 수 있는 것이다.

유저들은 이를 새로운 목표 삼아 E&T에 몰입할 수 있었다.

그렇게 골렘의 주요 부위와 부품은 전투가 거듭될수록 강해지도록 설정되어진 것이다. 유저들은 캐릭의 성장과 동시에 골렘이라는 복합 아이템의 업그레이드까지 염두에 둔 E&T의 Part 2 시스템에 열광했다.

신형, 신품 골렘의 한계는 명확하다.

그런 의미에서 매서커가 새로운 골렘을 들고 나왔으니…
고마운 일이 아닐 수 없다.

매서커에 대한 대책을 마련하기 위해 이탈리아 지휘부는
일주일간 전전긍긍했었다.

대책은 세계 랭커들로 이루어진 폭주식 대응으로 결론이
났다.

매서커는 그런 적이었다.

한데 그 강적은 척 보아도 공장에서 갓 나와 개조 포인트가
쌓이지 않은 신품을 타고 등장했다. 게다 보고된 적 없는 신
형이기까지하다.

매서커가 신형에 신품 골렘을 타고 있다.

검증되지 않은 신형에 튜닝 기회를 가지지 못한 그런 기체
다.

이는 이탈리아의 핵심 전력으로 자폭 대응을 할 필요가 없
음이다.

그렇게 지금 이 순간 이탈리아에게 승리의 여신이 활짝 미
소 짓는 것처럼 느껴졌다.

나름의 이유로 이탈리아 진영이 들뜨든 말든 지오는 이 순
간을 오래도록 만끽했다.

자신을 지켜주겠다는 이야기가 공공연하게 나오고 있다.
순수한 마음이 뭉쳐지고 있음을 느낄 수 있었다.

자신을 중심으로 M병단이 뭉쳤듯이, M병단을 중심으로 이제는 M군단이 뭉쳐진 것이다.

지오는 그 하나됨을 지금 다시 한 번 더 느낄 수 있었다.

지오가 공용 통신으로 말했다.

"쩔 값으로 제가 몹몰이 하겠습니다. 이 기체, 생각보다 가볍습니다."

[매서커님은 가만있어도 알아서 몰려올 테니 쩔 값은 다른 것으로 치르심이⋯⋯.]

[쩔 값이라⋯ 에이, 제가 피자 라지 사이즈로 한 판씩 쏘겠습니다.]

[오—!!]

통신관이 일시에 울렸다.

"스파게티를 원하시면 스파게티로."

[우오—!!]

통신관을 통해 커다란 감탄성이 그렇게 두 차례 길게 이어졌다.

"대신 음료는⋯ 렙업 주스로 통일입니다."

[우우우—!]

장난기 담긴 야유가 일시에 터졌다.

잘나가다 렙업 주스라니⋯ 게임계의 저주 보상 아이템이 있었으니 그것은 바로 렙업 주스!

조금 한다 하는 가상 유저라면 자신의 집으로 매일매일 배달되는 렙업 주스가 없을 리 없다.

'하이구, 쌓여 있는 재고를 이 기회에 털어내려 했건만…
렙업 주스의 저주가 가상계를 지배하고 있다는 게 사실이었
어.'

지오는 빠르게 수습에 나섰다.

"한데 저보다 먼저 죽는 사람에게는 피자 배달 안 됩니다."

[와하하하―!!]

야유는 곧 M군단 오너들의 통쾌한 웃음소리로 변해 통신
관을 가득 메웠다.

"자, 그럼 우리 신나게 피자 값이나 벌어 봅시다―."

[오―!!]

활기찬 함성이 확성관을 통해 멀리 퍼져 나갔다.

*   *   *

M군단의 업(Up)된 분위기와 달리 상황의 불리함은 여전히
변함없었다.

지오가 탑승한 암청색 골렘은 적에게 완벽하게 노출된 상
태다.

그렇게 나 잡아보라는 식의 도색과 외관의 골렘은 확실하

게 구별되어졌다.

기존 지휘부의 협조는 기대하기 힘들다. 자신들만 살겠다
는 식으로 구축한 병진이 이를 대변하고 있다.

저럴 바에는 나타나지를 말던지… 오히려 씁쓸함만 배가
될 뿐이다.

국민들의 분노가 어떻게 터질지 알 수 없기에 마지못해 나
온 것이리라.

하나 지금은 어떤가?

국민들의 끓어오르던 분노는 지금 차갑게 가라앉은 상태
다.

기대하지 말자며, 그저 감시의 눈을 부릅뜨고 지켜볼 따름
이다.

그런 분위기가 M군단의 성원들에게까지 전달된 상태다.

M군단이 할 일은 그저 자신을 위해 싸우는 일만 남은 것이
다.

그 누구도 아닌 자신을 위해…….

모두들 그렇게 마음을 비웠다.

그때였다.

슈우우웅─!

한국 진영에 치우쳐진 빛기둥이 떨어져 내렸다.

빛기둥을 통과해 수많은 인물들이 나타났다.

국가 대항전에서는 전투 시작 5분 전까지 골렘 오너의 참

전은 가능하도록 되어 있다.

> 한국을 지원하기 위한 지원자가 도착했습니다.
> 게이트 셧 다운까지 15분 남았습니다. 그 안에 참전할 골렘 오너들
> 은 접속을 마치셔야 합니다.

지원자들이었다.

한데 사냥 수순이 정해진 전장으로 지원자가 등장하다니!

새로 등장한 인물들을 카메라가 일일이 잡아냈다. 그곳엔
다양한 인종의 인물들이 골고루 섞여 있었는데, 그 수가 50명
은 족히 넘었다.

이들은 자신들이 누구라는 설명 없이 이 공간에 봉인 중인
골렘들을 소환해 내 재빠르게 탑승했다.

> 나이트 급 골렘 58기가 한국 측에 가세하였습니다.
> 현재 한국 측 전력은 총 725기입니다.

한국 측 전력이 늘어났다.

이에 당황한 것은 이탈리아보다 한국 쪽이었다.

새로이 나타난 이들은 M군단과 원형진 사이에 자리를 잡
았다.

위치적으로 두 집단 어디에도 치우치지 않은 상태다.

이들의 위치 선정과 골렘 간의 간격은 지극히 조직적이었다.

한국 E&T 이런 전력이 아직 남아 있었단 말인가?

도대체 이들은 누구란 말인가?

그 해답은 제일 마지막에 떨어져 내린 녹색 빛기둥을 통해 등장한 인물을 통해 밝혀졌다.

2미터에 이르는 큰 키, 단련된 다부진 체격, 민대머리에 녹색 눈의 소유자……

[다니엘 정이다!]

바로 그였다.

그리고 그와 절대 뗄 수 없는 조직이 있었으니.

[뮤턴트 길드가 참전했다!]

통신관이 술렁거렸다.

이들은 국가 대항전에 절대 참전하지 않겠다고 선언한 조직이다. 그리고 그 조직의 수장이 지금 등장한 다니엘 정이다.

그는 오우거 로드 역할을 하는 것으로 E&T와 첫 인연을 맺었다. 그 역할을 마친 후, 그는 한국 E&T의 유저로서 가상계에서 활동을 시작했다. 얼마 지나지 않아 그를 추종하는 이방인들이 그를 중심으로 모여들었다.

단 3개월 만에 거대 길드가 만들어졌고, 길드 명칭을 '뮤턴트'로 정했다.

한국의 이방인들. 스스로를 돌연변이라고 칭할 수 있는 이들… 결정적으로 한국인이면서 한국인이 아닌 이들.

이주 노동자들의 자녀들, 북에서 넘어온 난민들과 중국에서 넘어온 이주자들과 그들의 자녀들, 혼혈아… 그들이었다.

다니엘 정과 비슷한 과거를 공유하고 있기에 그들 스스로를 돌연변이라 칭할 수 있는 것이리라.

뮤턴트 길드는 한국 E&T에서 거대 작업장도 무시할 수 없는 거대 세력으로 자리 잡았다. 순수한 친목 길드로서 유례없는 빠른 성장이었다.

이 땅에 태어나 자라면서 고통과 울분을 공유한 이들이기에 길드원 간의 결속력은 형제 그 이상이었다.

그랬다. 지금 나타난 이들은 뮤턴트 길드의 골렘 오너들이었다.

이들은 애당초 거대 길드를 중심으로 진행되는 국가 대항전에 불참하기로 했다. 마찬가지로 거대 길드의 횡포에 반감이 팽배한 개인 골렘 오너와 군소 길드 골렘 오너들도 국가 대항전을 외면하였다.

M군단의 통신관이 부산스러운 반면, 반대편 통신관에선 낮은 신음만이 가늘게 흘러나왔다.

뮤턴트 길드는 어디로 향할 것인가.

모두의 시선이 다니엘 정에게 향했다.

다니엘 정을 중심으로 투명한 장막이 드리워지며 그 사이로 거대한 녹색 실루엣이 장막을 가르며 나타났다.

이 녹색 거체는 기존 나이트 급 골렘을 크게 상회하는 크기였다.

"킹 골렘이다!"

다니엘 정이 소환한 골렘은 66톤에 달하는 킹 골렘이었다.

통신관이 후끈 달아올랐다. 이는 이탈리아도 마찬가지였다. 이탈리아 중계석 역시 첫 등장한 킹 골렘의 제원을 추론하며 부산을 떨어댔다.

통상 던전 골렘이라고 알려진 고대인의 부속을 조합해 만든 것과는 차원이 다르다.

킹 골렘… 그 자체로 던전에서 출토된 고대인이 남긴 유산으로, 박물관에 고이 모셔두고 완상해야 할 초(超)에픽 아이템이다.

출토된 킹 골렘의 수는 아직 알려진 바 없다. 대략 타르타로스의 파편과 엘리시온의 파편 수와 연관있다는 정도만이 나돌 뿐.

즉, 각 나라마다 최대 36기가 출토될 수 있다는 계산이 나올 수 있다. 하나 어느 나라에 몇 기의 킹 골렘을 보유하고 있는지는 아무도 모른다.

그렇게 귀한 자원이기에 국가 대항전 어느 전장에도 이제껏 등장하지 않았다.

나이트 급 골렘의 최대 중량이 46톤에 달하고, 그 아래 단계인 솔져 급 골렘이 34톤이다.

솔져 급 골렘과 비교하면 아이와 어른의 차이가 난다.

다니엘 정은 여유롭게 손을 흔들며 한쪽 무릎을 꿇은 킹 골렘 속으로 스며들었다. 거구의 다니엘 정과 제일 잘 어울리는 골렘이 있다면 그것은 바로 킹 골렘이지 싶은 그림을 연출했다.

뿌으으으으—웅!

첫 기동 엔진음으로 뿔고둥 울리는 소리가 났다. 그렇게 자신의 존재감을 웅장하게 퍼뜨리며 킹 골렘이 몸을 일으켰다.

뜨둥, 그그그그궁—!

하중을 지탱하기 위해 접혀져 있던 금속 관절이 비명을 질러대며 낮게 깔리는 뿔고둥 소리를 집어삼켰다.

기이잉, 기이잉— 기이잉, 기이잉— 기이잉, 기이잉—

이어 마나 엔진음이 날카롭게 변하며 리드미컬하게 울렸다.

다니엘 정은 자신에게 쏠린 시선을 즐기려는 듯, 하늘을 향해 주먹을 마주쳤다.

쩡—! 쩌정—!

거대한 강철 주먹이 마주치며 새파란 금속 스파크가 튀었다. 내려와서 싸우자는 다니엘 정, 그 자신만의 제스처다.

저 무식하게 큰 주먹에 맞아 견딜 골렘은 없지 싶다.

그다운 쇼맨십이었다.

그렇게 뮤턴트 길드가 참전 의사를 분명하게 밝혔다.

열세가 분명한 상황에서 뮤턴트 길드가 가세한 것이 확실한 그림이라.

쿵, 쿵―

킹 골렘이 지축을 울리며 지오의 골렘을 향해 다가갔다. 지오도 그를 향해 마주 다가갔다. 합류를 환영하기 위해서다.

지오의 암청색 골렘과 다니엘 정의 황녹색 킹 골렘이 마주했다.

공용 통신관을 통해 다니엘 정의 묵직한 중저음 톤의 목소리가 흘렀다.

[뮤턴트 길드는 오늘부로 M군단에 합류하고자 합니다. 이후 뮤턴트 길드는 뮤턴트 병단으로 불러주십시오. …이에 신고합니다.]

"환영합니다."

지오가 그의 신고를 공식적으로 받아들이자,

뮤턴트 병단이 M군단에 합류하였습니다. 군단 성원 간에 전용 통신선이 개설되었습니다.

[와아아아아아―!!]

[우오―!!]

통신관이 터져 나갈 듯이 거대한 함성이 울렸다.

그렇게 뮤턴트 병단이 공식적으로 탄생했다.

함성이 끊이지 않는 가운데 지오는 의문을 표할 수밖에 없었다.

자신이 품은 의문은 또한 모든 국민들의 의문이리라.

국민 모두가 품은 의문이기에 지오는 골렘 확성관을 통해 다니엘 정에게 물었다.

"힘든 싸움이 될 것입니다. 왜 갑자기 참전을 결정했습니까?"

순간 들떴던 함성이 잦아들었다.

……

약간의 침묵이 있은 후 다니엘 정이 시원스러운 목소리로 당연하다는 투로 말했다, 모두 들으라는 듯 확성관을 통해서.

[한국인이니까요.]

機甲戰記
Massacre
기갑전기 매서커

　나는 한국인이니까⋯⋯.

　그 어떤 말보다도 가슴에 와 닿는 답이었다.

　지오는 골렘 주먹을 그 앞에 살짝 내밀었다. 이에 다니엘
정도 킹 골렘의 강철 주먹을 마주 내밀었다.

　쳐엉—!

　금속 마찰음이 대기 중으로 흩어졌다.

　맑으면서도 왠지 뜨거운 것이 담겨진 소리였다.

> 뮤턴트 병단의 병단장 '다니엘'님이 당신의 지휘하에 들어왔습니
> 다.

그는 당신을 최고 지휘자로 인정했습니다. 병단장과의 전용 통신선
이 생성되었습니다.

그 뒤를 이어 뮤턴트 길드 소속 골렘들이 지오의 골렘 앞으
로 내민 주먹을 마주치며 지나갔다. 차례차례, 누구하나 빠짐
없이.
처엉―!

뮤턴트 병단의 '킬 미'님이 당신의 지휘하에 들어왔습니다.
그는 당신을 최고 지휘자로 인정했습니다.

[만나서 영광입니다.]
[환영합니다.]
처엉!!

뮤턴트 병단의 '꽉 쥔 주먹'님이 당신의 지휘하에 들어왔습니다.
…인정했습니다.

[한칼하시더이다.]
[하하, 오늘은 한주먹할 겁니다.]
마주친 주먹을 통해 전용 통신선이 생성되었고, 이 전용 통

신선을 통해 덕담이 오고 갔다.

M군단 지도부도 이 환영 의식에 참여해 주먹을 내밀었다.

58기의 골렘이 지도부와 주먹을 마주치며 도열한 M군단을 향해 걸음을 옮겼다.

처엉—! 처엉—!! 처엉—!!!

다가오는 58기의 골렘을 향해 M군단의 골렘 오너들도 자신들의 주먹을 내밀었고, 뮤턴트 병단 소속 골렘들은 기꺼이 주먹을 마주치며 M군단 속으로 스며들었다.

그렇게 환영의 맑은 울림은 끊임없이 퍼져 나갔다.

처엉—! 처엉—!! 처엉—!!!

처엉—! 처엉—!! 처엉—!!!

처엉—! 처엉—!! 처엉—!!!

패배가 예견된 상황에서 지원 부대가 합류할 줄이야.

게다 집중 타깃으로 정해진 M군단에 지원 부대가 합류할 줄이야.

그렇게 M군단 성원 모두의 가슴 한켠에 이번에도 무언가 일이 터질 것 같은 느낌이 강하게 들었다.

뮤턴트 병단 골렘이 합류를 마친 후 마지막으로 다니엘 정의 킹 골렘이 지오와 마주 섰다.

무언가 할 말이 남은 듯 지오의 통신관으로 다니엘 정이 개인 통신을 연결해 왔다.

다니엘 정은 살짝 노기 띤 목소리로 말했다.

[국가 대항전이 끝나고 나면… 빚 갚을 기회를 주는 겁니다. 오우거 슬레이어]

다니엘 정은 역시 지오를 알아보았다. 아마 국가 대항전이 시작된 첫 경기에서부터이리라.

지오는 난감했다, 걸어오는 결투를 절대 거부할 수 없는 매서커의 저주에.

"…크, 결투 약속을 받아들입니다."

뚜둥ㅡ!

Quest

결투 신청자 추가.

'매서커의 결투 명단에 다니엘 정님이 등재되었습니다.'

매서커와 결투를 약속한 유저는 이로써 18명째입니다.

국가 대항전이 끝나는 대로 이들과의 승부를 반드시 결해야 합니다.

결투 신청자들이 끊이지 않는 당신은 진정한 학살자입니다.

'…허, 거참.'

변태 E&T답게 이런 상황에서 여전히 지오의 약을 올렸다.

그러나 지오의 기분은 하늘을 찌를 것만 같았다.

의외의 인물과 단체가 M군단에 합류했기에.

이것은 무엇을 말함인가.

다니엘 정과 뮤틴트 병단은 승리에 대한 믿음과 확신이 있어 지금 이 자리에 참여한 게 아니다. M군단 성원들도 마찬가지다. 원래 그들은 오늘 이 자리에 나올 이유가 없는 사람들이다.

그러나 이들은 참전했다.

같이 있고자 함이었다, 같은 한국인으로서.

그렇다.

같이 있고 싶다!

기꺼이 처음 본 이와 고난을 함께하겠다.

자신을 믿지 않고서는 할 수 없는 결단과 결행이리라.

한국을 믿기에 할 수 있는 결단과 결행이리라.

이를 증명이라도 하려는 듯 지오의 등 뒤로 게이트가 열리며 빛기둥이 연이어 떨어져 내렸다.

그랬다. 국가 대항전을 외면했던 골렘 오너들이 속속 참가하는 것이었다.

독일전 이후 냉랭하게 식었던 지오의 가슴이 뜨겁게 데워졌다. 아니, 그 어느 때보다도 뜨거워졌다.

이 뜨거움이 지오를 움직였다.

또 하나의 가능성을 실행할 용기가 생겨서다.

그렇게 식었던 열정이 살아나며 흩어졌던 의지를 뭉치게

했다.

열정이 일며, 의지가 살아났다.

이 뜨거움을 나눌 수 있을 것만 같았다.

지오는 원형 병진을 구축한 또 다른 한국 진영으로 향했다, 당당하게.

자연 전장의 모든 시선이 지오의 행동에 쏠렸다.

이탈리아 진영까지 숨죽이며 지오의 행보를 지켜보았다.

지오는 420기의 골렘이 진영을 구축한 코앞까지 다가갔다.

…….

정적이 초원 지대에 낮게 가라앉았다.

그는 저들을 어떻게 대할 것인가?

그는 과연 저들에게 무엇을 요구하려 하는가?

지오는 골렘의 주먹을 쭈욱 내밀며 확성관을 통해 외쳤다, 뜨거움을 가득 실어 당당하게.

"친구야— 놀자!"

지오는 다시 한 번 더 크게 외쳤다.

"친구야— 같이 놀자!!"

*   *   *

누가 누구를 용서한다는 것은 오만한 행위다.

진정한 용서는 자신에 대한 용서만 있을 뿐이다.

지오는 마음 깊숙한 곳에 자리 잡은 증오, 분노, 의심, 실망, 절망, 오만, 슬픔을 용서했다. 그리고… 받아들였다.

저들을 그렇게 있는 그대로 받아들였다.

그 마음을 담아 외쳤다, '친구야!' 라고.

외침의 여운이 길게 이어졌다.

'친구야—' 라는 단어가 멀리까지 메아리가 되어 뻗어나갔다.

원형 병진에 변화가 생겨났다.

그긍, 쿵, 쿵!

병진 최선두에서 한 기의 골렘이 최면에 걸린 사람처럼 한 발을 내디뎠다, 지오를 향해.

이 한 발을 디딘 용기는 당당한 발걸음으로 바뀌더니 곧 지오를 향해 걸어나왔다.

쿵, 쿵, 쿵, 쿵—

빠르게 지오의 골렘을 향해 다가갔다.

그리고 지오의 골렘이 내민 주먹을 마주쳤다.

쳐엉—!!

맑은 금속음이 대기 중으로 긴 여운을 뿌리며 흩어졌다.

그게 시작이었다.

원형의 병진이 지오를 향해 와르르 무너져 내렸다. 지오가 내민 주먹을 치고는 뒤도 돌아보지 않고 M군단을 향했다.

파도에 모래성이 무너지듯이 그렇게 원형의 병진은 힘없이 무너져 내렸다.

M군단과 뮤턴트 병단은 이탈한 이들을 아무 말 없이 주먹을 마주치는 것으로 받아들였다.

누구도 이 합류의 대열을 막을 수 없었다.

쇠주먹과 쇠주먹이 마주치는 맑은 금속의 합창이 초원에 메아리쳤다.

M군단이 한국 군단이 되는 순간이었다, 진정한.

이 하나됨을 알리는 주먹의 울림은 대한민국 국민들에게도 전해졌다.

상처받고 억울함으로 차갑게 식었던 국민들의 가슴을 따뜻하게 풀어냈다.

거리로 시민들이 쏟아져 나왔다.

썰렁한 거리로, 텅 빈 광장으로 시민들이 뛰쳐나갔다.

하나된 한국을 응원하기 위해.

하나된 한국을 느끼기 위해.

차가운 금속 마찰음이 만들어낸 기적과도 같은 그림이었다.

그 순간, 한국 진영으로 빛기둥이 끊임없이 떨어져 내렸다.

상황은 급변했다.
한국 진영으론 지원자들의 합류가 이어지고 있었다.

이탈리아 참전 골렘 기체 수:1,189기
대한민국 참전 골렘 기체 수:886기

이탈리아 참전 골렘 기체 수:1,189기
대한민국 참전 골렘 기체 수:927기

이탈리아 참전 골렘 기체 수:1,189기
대한민국 참전 골렘 기체 수:986기

이럴 수가―!
끊임없이 떨어지는 빛기둥!
이 추세대로라면 이탈리아 전력을 따라잡는 건 문제가 아
니었다. 오히려 웃돌 기세.
자신들의 상식으로는 이 그림을 어떻게 설명해야 한단 말
인가.
사기를 당한 기분이 이럴까.

이탈리아 진영은 그렇게 당황했고, 하늘을 찌를 것 같던 사기는 곤두박질쳤다.

이탈리아 지도부의 움직임이 바빠졌다.

"예비대를 투입을 결의합니다."

"동의합니다."

이탈리아 지도부는 4강과 결승에 대비해 꽁쳐 놓았던 예비부대 투입을 결정할 수밖에 없었다. 우선은 16강을 넘어야 의미가 있잖은가.

이내 이탈리아 진영 후위로 거대한 빛기둥이 떨어져 내렸다.

츄화아아앙—!

이탈리아가 예비대 투입을 결정했습니다.
예비대 기체 수는 총 126기입니다.

이탈리아는 예비 전력을 투입했다. 하나 개인 유저들의 자발적인 참여는 없었다.

이탈리아 참전 골렘 기체 수:1,315기
대한민국 참전 골렘 기체 수:997기

이탈리아 예비대의 투입은 한국의 사기를 꺾지 못했다.
아니, 오히려 자극했다.

한국 진영으로 가느다란 빛기둥이 끊임없이 떨어져 내렸다.

그렇게 한국 측 지원자는 끊임없이 이어졌고, 증가하는 공지가 이를 쫓아오지 못할 정도가 되었다.

이탈리아 참전 골렘 기체 수:1,315기
대한민국 참전 골렘 기체 수:1,001기

이탈리아 참전 골렘 기체 수:1,315기
대한민국 참전 골렘 기체 수:1,017기

이탈리아 참전 골렘 기체 수:1,315기
대한민국 참전 골렘 기체 수:1,029기

이탈리아는 동원할 수 있는 전력을 모두 동원한 상태!

반면 한국은 3초에 10기씩 전력이 늘어나고 있다.

한국의 전력 증가를 따라잡으려면 이탈리아 개인 유저들의 적극적인 참여가 필요했지만 이탈리아 진영 그 어디에도 개인 유저들이 참여할 기미는 없었다.

전력 차는 빠르게 메워지고 있었다. 이런 추세라면 전력의 역전도 가능하다.

이탈리아 지도부는 물론, 이탈리아 측 유저들의 사기는 급락했다.

한국을 비아냥대던 중계석이 침묵에 빠진 채 '어어' 하는 기함만 연발할 뿐이었다. 이때,

딩동딩동딩동—

여러분의 E&T입니다.

원활한 경기 진행을 위하여 전투 개시 시간을 1분 앞당기기로 했습니다. 이에 게이트 이용이 이 시간부로 중지됨을 알려드립니다.

전투 시작까지 10분이라는 시간이 남은 상태에서 게이트 이동을 폐쇄해 버리다니⋯⋯.

⋯3, 2, 1. 게이트 이동이 종료되었습니다. 곧 한국 대 이탈리아, 이탈리아 대 한국의 국가 대항전을 시작하겠습니다.

이어 마지막 양측의 전력 비교 집계가 올라왔다.

이탈리아 참전 골렘 기체 수:1,315기
대한민국 참전 골렘 기체 수:1,037기

278기의 전력 차!

이탈리아가 간신히 한숨 돌리는 반면 다시 한 번 E&T 사무국의 농간에 치를 떨 수밖에 없는 한국이었다.

자연 한국 골렘 오너들 사이에서 욕지기가 중구난방으로 튀어나왔다.

[씨벌! 논다, 놀아—!]

[이런 씨뎅—! 대놓고 막 미는구나.]

통신관이 그렇게 낮게 으르렁거리는 소리로 가득 찼다. 새로 합세한 개인 오너일수록 격한 감정을 드러냈다.

그 순간 지오가 전체 통신을 통해 한국측 골렘 오너들에게 짧게 지시했다, 침착하고 단호하게.

"구병 앞으로— 신병 후위로—"

[구병 앞으로— 신병 후위로—!]

지오의 M병단, 이 M병단을 품은 M군단의 골렘 오너들이 크게 복창했다. 우렁찬 복창은 확성관을 통해 대기를 울렸다.

이어 무기로 방패를 가볍게 두드렸다.

캉캉캉—!!

명령의 복창과 날카로운 금속음이 퍼지며 고조되었던 감정이 차갑게 식었다.

분노로 치를 떨고 있을 때가 아님을 모두 인식하며 통신관은 지오의 다음 명령을 기다리며 조용해졌다.

게다 신병이 누굴 지칭하는지는 모두 아는 사실.

M군단을 전위로 그 뒤를 향해 구 지도부 측 골렘 오너들이 움

직였다. 다시 그 뒤로 오늘 첫 참전한 골렘 오너들이 움직였다.

다니엘 강의 뮤턴트 길드가 첫 참전한 개인 오너들을 선도 했다.

툭툭 불거져 나온 암반으로 인해 질서없이 도열할 수밖에 없었지만, 모두들 서서히 냉정을 찾아갔다. 그렇게 M군단이 구축한 단선 전열 후위로 새로이 대열을 이루느라 어수선한 반면 이탈리아는 출격 준비를 마친 상태였다.

그런 상황에서 강한 빛줄기 하나가 하늘에서 고속으로 떨어져 내려 지면과 충돌하며 섬광과 폭음을 뿌렸다.

씨우우우우웅— 콰아아앙—!!

> **전략 거점이 지정되었습니다.**
> 한국 대 이탈리아, 이탈리아 대 한국의 국가 대항전이 개시되었습니다. 전략 거점을 지켜내십시오. 경기 제한 시간은 100분입니다.

기습과도 같은 시합 개시였다.

한국은 아직 대열을 갖추지 못한 어수선한 상태.

이 기회를 놓칠 리가 없는 이탈리아였다.

바늘 모양의 가느다란 장창을 앞세운 이탈리아 골렘들이 한국 측 진영을 향해 일제히 걸음을 내디뎠다. 거점 지역을 확보할 생각 따윈 없이 목표는 오로지 한국이라는 듯이.

구구구구구구구구구구구구구궁—!!

전 전선에서 이루어진 골렘들의 일제 기동으로 지축이 뒤집어질 듯이 요동치며 뿌연 먼지를 피워 올렸고, 날카로운 은빛을 품은 창끝이 움직이자 은의 파도가 만들어졌다.

처처척척—!

70기로 이루어진 최전선열에 이어 2열, 3열… 하늘을 향해 곧추세웠던 창끝을 가슴 앞 수평으로 앞세우며 질서정연하게 돌진을 개시했다.

은빛 파도가 켜켜이 생겨났다.

한국 진영을 향해 그렇게 다섯 겹의 은빛 파도가 속도를 올리며 밀려갔다.

은빛 파도를 이어 직사각형의 두터운 붉은 방패를 앞세운 중장형 골렘들이 밀집 대형을 이루며 뒤따랐다. 이 후위 기동은 느리고 더뎠지만 특유의 여유가 넘쳐 났다.

[빅토—!!]

확성관을 통해 전위를 응원했다.

전위의 장창 골렘들이 한국 진영을 완벽하게 돌파할 거라는 한 치의 의심 없는 믿음이 담겨 있었다.

그 믿음의 근거는 장창 부대가 한국 진영을 앞둔 중간 지점을 지나는 시점에서부터 펼쳐지리라.

고속 돌진 중인 골렘들은 바늘을 연상시키는 가늘고 연약

한 창을 들고 있는 상태였다.

창의 길이는 8미터로, 장창으로는 부르기엔 어중간한 길이다. 하나 이 골렘용 장창 아이템은 이탈리아만이 만들 수 있는 국가 고유 아이템으로 등록되어 있다.

일반 장창 아이템에 비해 가늘기에 돌파력과 파괴력을 가진 아이템으론 보이지 않는다. 하나 이 창이 예선전에서 보여준 위력은 상상을 불허했다.

이 아이템이 특수 스킬과 결합하자 무시무시한 위력을 발휘하였던 것이다.

이탈리아는 Part 2로 제일 처음 이행한 나라답게 장창을 이용한 고속 돌파 스킬을 발굴할 수 있었고, 국가 전용 스킬로 습득한 상태였다.

그 국가 전용 돌파 스킬에 최적화된 아이템이 이 바늘 모양의 장창이다.

이 조합만으로 이탈리아는 예선전에 승승장구할 수 있었으니… 그에 대해 타이틀이 붙는 건 당연했다.

아주리 군단의 재림!

한국을 상대로 그 아주리 군단이 재림하려 했다.

機甲戰記
Massacre
기갑전기 매서커

툭툭툭.

잔돌이 튀어 올랐다.

우르르르르르르르르르릉―

350기가 고속으로 기동하며 일으킨 충격에 대지가 낮게 으르렁거렸다.

장창을 앞세운 이탈리아 골렘의 돌진은 한국 진영에 다가갈수록 빠르게 가속이 붙었고, 공간을 가르는 장창 끝 부위에선 날카로운 은빛이 사라지더니 새파란 빛이 그 자리를 대신했다.

새파란 빛은 그 덩치를 키우며 부풀려졌다.

순간 선두 열을 시작으로 창 울음이 터져 나왔다.

후우우우우우우우우우웅—!

창끝이 진동했다. 아니, 창끝이 고속으로 회전하고 있었다.

푸른빛이 회전하며 창끝에서부터 시작하는 와류를 만들어냈고, 창축을 중심으로 푸른 막이 창을 휘감았다.

푸른 막이 창축을 타고 뾰족한 원뿔 모양으로 선명하게 자리 잡았다.

이것은… 오러였다.

8미터에 달하던 길이가 12미터로 새파랗게 자라났다.

가늘기만 했던 창이 중세 기사들의 랜스로 변모한 것이다, 오러를 두른 랜스로.

후루루루루루루룽—!!

대기가 갈리며 사나운 파도 소리가 났다.

날카로웠던 은색 파도는 그렇게 사나운 푸른 파도로 바뀌어져 버렸다.

350기에 달하는 강철 거인이 전부 오러 랜스를 발현한 것이다.

장창 집단을 아주리 군단으로 각인시킨 랜스 차지 스킬의 집단 발현이 만들어낸 극적 효과!

집단 스킬은 스킬 더하기 스킬, 스킬 곱하기 스킬로써 단 한 사람이라도 타이밍을 놓쳐도 발동되지 않는다. 그런 집단 스킬을 아주리들은 무려 70기를 한 개 조로 묶어 350기가 타이밍을 절묘하게 맞추어낸 것이다.

이로써 아주리들은 최소 동화율로 최대 효과를 이끌어낼 수 있게 되었다.

전장의 시선이 모두 그곳에 쏠렸다.

국가 독점 아이템과 국가 전용 스킬이 합쳐져야만 볼 수 있는 그림이었으니… 이것이 바로 '아주리 웨이브' 였다.

아주리 웨이브. 이탈리아는 예선전에서 방패를 앞세운 밀집 병진을 채용한 적들을 이 청색의 파도로 넘어버렸다.

그랬기에 세계인들은 이탈리아와 독일의 대결을 기대하고 있었다, 중장갑과 다양한 기체 구성의 독일과 장창 아이템과 집단 스킬로 대변되는 이탈리아의 대결을.

그러나 지금 이탈리아의 상대는 독일이 아닌 한국이다.

지금 한국의 상황은 어떤가.

한국은 이탈리아의 푸른 파도가 눈앞에 다가왔음에도 어수선하기만 하다.

M군단의 뒤론 여전히 대열을 갖추기에 열중하고 있다.

양측의 입장은 하늘과 땅 차이!

한국 측이 점한 지역이 미세하게 낮다, 시청자들이 느끼지 못할 정도로.

이 장창 돌격이 더욱 큰 위력을 발휘할 것임이 분명해 보이는 상황이었다.

중계 그림은 한국 측을 비출 때마다 지오의 골렘을 집중적으로 클로즈업해서 담았다, 흑청색의 철기린에 매서커라는 자막 타이틀까지 달아주기까지 하면서.

최종 목표가 여기라고 유도하는 식이 아니고 무엇이랴.

게다 지오는 M군단에서 중심에 자리한 M병단, 최선두에 자리하고 있다.

순간 지오는 대열에서 이탈해 10미터 앞으로 나섰다.

쿠쿵—!!

'그래, 나 여기 있다.'

지오의 돌출을 누구도 말리지 않았다.

…그는 매서커니까.

지오의 돌출에 맞추어 아주리 웨이브에 변화가 생겨났다.

넓게 펼쳐졌던 대열이 촘촘히 좁혀지더니 선두가 돌출된 형태를 갖추기 시작했고, 그 날카로워진 돌출점이 지향하는 목표는… 지오였다.

지오가 확인 차 옆걸음으로 3미터 움직이자 그에 맞추어 아주리 웨이브의 돌출점도 지오를 따라 방향을 틀었다.

매서커, 세계 E&T 유저들 사이에 이미 전설이 된 존재.

능력있는 골렘 오너들에게는 보통 하이엔드 유저니 파워 유저니 하는 거창한 타이틀을 붙인다.

하나 지오, 매서커에겐 합당하게 붙일 타이틀이 없다.

그 누가 있어 그가 이룩한 성과를 흉내 낼 수 있겠는가.

전 세계 유저를 상대로 '넘사벽'이 되었다.

그렇기에 이탈리아가 세계 랭커 가운데 3명이나 보유하고 있지만 매서커를 상대로 일대일 도전을 못하도록 감시까지 붙여놓은 상태다.

아무리 그가 새로운 골렘을 타고 등장했다지만 매서커는 매서커이기에.

지금도 그렇다.

매서커의 폭주를 미연에 막기 위해 집단으로 밀어붙이려 함이다.

이탈리아의 각오가 느껴지는 대목이었다.

지오가 차지하고 있는 상징성은 컸기에 한국 측 사기를 꺾으려면 이 수가 제일 빠른 수이기도 했다.

'햐~ 이거, 단단히 미운털이 박혔는데.'

지오는 비스듬하게 서서 검을 어깨 뒤로 넘겨 잡았다.

처청―!

그렇게 거만하고 여유롭게 자세를 잡으며 전면에 덮쳐오는 푸른 파도를 노려보았다.

"M병단 앞으로, 좌우로 전개―!"

[전개―!]

한국 측 최전선열에 위치한 M병단이 철기린 뒤로 도열했다. 이어 게걸음을 옮기며 좌우 간격을 넓혀 나갔다.

그그그그그궁—!

좌우에 위치한 한 기와 한 기 사이의 간격이 무려 7미터에 달했고, 그다음 열은 선두 등을 보지 않은 채로 7미터 중간 지점의 적을 볼 수 있는 위치에 자리 잡았다.

방패를 앞세운 단선 전열로도 방어가 어려운 상황에서 구멍이 숭숭 뚫린 포진으로 전개하다니!

아주리 웨이브에겐 이런 완벽한 먹이가 없음이다.

그러나 지오의 명령에 누구 하나 이의를 거는 성원은 없었다.

매서커와 M병단이 미치기라도 한 것인가?

모를 일이다.

M병단 성원들은 리더인 매서커를 믿기에… 그리고 지오 역시 M병단의 전우들을 믿기에 닥쳐오는 파도에 자신들을 고스란히 노출시킬 수 있음이리라.

각양각색의 기체들로 뒤범벅된 M병단이지만 공통점은 있다.

팔뚝에 부착된 작은 방패에 단검보다는 길고 장검보다는 짧은 검으로 무장했고, 이 짧은 검을 두 손으로 단단히 쥐고 있었다.

이 검의 검끝은 믿기 어려울 정도로 뭉툭한 것이, 날카로운 예기는 찾을 길이 없다. 투박한 막대기를 검자루에 붙여놓은 듯하다.

이런 검으로 무엇을 하려 한단 말인지…….

찰나, 지오의 명령이 떨어졌다.

"선두열 비켜 자세─ 후열 준비─!"

[비켜 자세─!]

M병단 구성원들은 우렁찬 복창과 함께 적을 향해 왼쪽 어깨만을 보이며 검을 늘어뜨린 채 아래에서 위로 올려 치는 자세를 취했다.

처척─ 처척─ 처척─!

이어지는 지오는 명령.

"동화율 고조─! 최대 동화율로─!"

[최대 동화율로─!]

복창의 여운이 채 끝나기도 전에 늘어뜨린 검끝에 형형색색의 에너지 막이 둥글게 피어올랐다.

즈으으으웅─

대롱을 연상시키는 둔중한 검끝에 투명한 구체(具體)가 맺히며 진동음을 토해냈다.

속이 텅 빈 맑은 구체… 영롱한 빛의 방울!

빨대 끝에 비눗방울이 맺힌 모습과 흡사했다.

각 골렘 오너들이 자신들의 고유 오러를 흘려보낸 결과물이었다.

방울의 크기는 자로 잰 것처럼 지름 1미터 크기로 균일했고, 구형의 맑고 얇은 오러 막이 불안정하게 흔들거렸다.

단, 지오가 탑승한 철기린만이 검끝에 2미터에 달하는 붉은 오러가 피어올라 혀를 날름거리고 있을 뿐이다.

역시 매서커! 모두 긴장해야 한다.

오러 구 대 오러 창, 오러 대 오러… 엄밀히 말하면 양측 다 변형된 오러 대 변형된 오러.

하나 창끝에 실린 오러가 M병단 골렘에 먼저 닿으리라.

그렇다, 아주리들에겐 여전히 먹음직한 먹이로만 보일 뿐이다.

"모두 흑청색 기체에 집중한다. 저놈만 잡으면 된다."

아주리 군단 모든 성원의 생각도 그와 같았다. 매서커로 인해 짓눌리는 압박감을 어서 빨리 털어버리고 싶었다.

"2차 스킬 발동 준비. 카운트는 5에서부터! 5, 4……."

아주리들은 매서커에게 집중했다.

단번에 짓밟기 위한 비장의 한 수인 또 다른 집단 스킬을 단 한 기의 강철 거인을 위해 발동했다.

"아주리 헬, 기동—!"

[아주리 헬—!]

아주리 군단의 성원들은 군단장의 명령을 이어받아 확성
관이 터져라 스킬 명을 외쳤다.

집단 스킬, 아주리 헬. 말 그대로 청의 지옥을 말한다.

이탈리아는 단 하나의 아주리 헬로 적의 선봉을 무자비하
게 돌파하며 그 위력을 전 세계에 알렸었다.

아주리 웨이브의 밀집 강화 형태!

충돌의 핵심인 최정점에 위치한 강철 거인을 중심으로 좌
우로 무려 10개의 창이 보호하는 식으로 모여들었다. 이 삼각
대열이 더욱 좁혀들더니 돌출부 전체가… 거대한 랜스로 화
했다.

최선두에 자리한 강철 거인도 강철 거인이지만 이에 탑승
한 골렘 오너는 이탈리아의 대표적인 랭커로, 강철 거인에 탑
승한 채 끌어올릴 수 있는 동화율은 유럽 최고이기도 하다.

아주리 헬의 핵심이기에 그는 다른 성원들에 비해 2배에
달하는 동화율을 끌어올려 유지해야만 했다.

그는 골을 헤집는 듯한 고통을 참으며 오직 하나, 매서커에
게 투사했다.

'으득, 매서커… 죽었어……'

그렇게 거대화된 청색 랜스는 지오만을 향했다.

그리고 최선두열에 이어 다음 열도 차례차례 아주리 헬을 발동시키기 시작했다.

그 수는 무려 7개!

7개의 거대한 랜스가 한국, 아니, 지오를 목표로 정렬했다.

[이탈리아—!!]

아주리 군단은 스킬이 완성되자 자부심 높이 외쳤다. 그들의 합창엔 패배하지 않으리란 승리의 확신으로 가득 채워져 이었다.

콰콰콰콰콰콰콰콰콰콰—!!

스킬과 스킬이 연동하며 골렘의 추력을 배가시켰으니 돌격 속도가 통상 전력 질주의 6배를 넘어섰다.

절대 있을 수 없는 속도!

기체의 성능을 오버해서 발휘한다는 점. 집단 스킬의 무서운 점이 바로 이것이었다.

강철 골렘의 고속 돌진에 청색의 흐릿한 잔상만이 길게 이어졌고, 초원이 뒤집어지며 마른 풀들이 하늘 위로 날아올랐다. 웅덩이에 고인 물이 비산하며 뿌연 무지개를 청색 잔상 뒤로 뿌려댔다.

한 치의 의심 없는 강직한 돌격이 이럴까.

콰콰콰콰콰콰콰콰—!!

그렇게 양측의 충돌까지의 간격이 30미터로 좁혀졌다.

지오를 향해 겨누어진 창엔 무려 18미터에 달하는 거대한 오러가 자라나 있다.

피하기엔 늦었다.

어느 누구 하나 예외없이 한국의 자랑 매서커가 이 오러 창에 꽂혀질 것임을 의심치 않았다.

하나 당사자의 생각은 전혀 달랐으니…….

'이겼다!'

지오는 생각과 동시에 외쳤다.

"투사—!!"

그리고 자신의 검에 맺힌 검붉은 오러를 길게 뿌렸다.

'피의 수레바퀴!'

부우우우욱—!

순간 시뻘건 반달 모양의 오러체가 검에서 분리되어 성난 파도가 되어 아주리들을 향해 튀어나갔다. 반달 모양의 오러는 곧 커다란 원으로 이어졌고, 회전할수록 그 원은 커져만 갔다.

대기가 수평으로 붉게 갈라지며… 새파란 와류와 맞닿았다.

그러나 격렬한 충돌음은 없었다.

그그극—

선혈이 연상되는 붉은 오러가 회전하며 새파란 랜스 위를

타고 누르는 식으로 묵직하게 나아갔다. 그 기세는 앞으로 나
갈수록 증폭되어 랜스를 무겁게 짓눌렀다.

아주리 헬을 제어하는 이탈리아 랭커가 어떻게 제어할 수
있는 상황이 아니었다.

"어, 어어. 이건……."

제어가 안 된다! 아니, 할 수 없다.

회전하는 붉은 오러에 눌려 랜스의 중심축은 아래로 향할
수밖에 없었고, 눌려진 랜스 끝은 결국 땅과 접촉하고 말았
다.

크카각—!!

땅을 긁는 듯한 거북한 소리가 대기를 할퀴었다.

랜스의 유도를 따라 수평을 유지했던 창들까지 덩달아 맨
땅을 찌르고 말았으니… 기세를 죽이지 못한 아주리들이 반
동을 이기지 못해 하늘 높이 부웅 튀어 올랐다. 마치 장대높
이뛰기 선수처럼.

"으헉!"

후우우웅—

공중에 체공한 아주리들의 수는 정확하게 선두를 지키던
9기다. 누구 하나 예외없이 머리, 어깨를 시작으로 맨땅에 곤
두박질쳤다.

콰광, 와당탕탕—!!

[크악—!]

[아악!!]

처절한 비명이 확성관을 통해, 공용 통신관을 통해 울려 퍼졌다.

이들은 땅에 떨어져서도 수미터를 덱데굴 사정없이 굴렀다.

날카로운 예기를 자랑하던 최선두의 정점이 어찌 이렇게 간단하게 와해될 수 있단 말인가.

청색의 랜스는 수십 명이 합세해서 만든 오러의 집합체! 집단 스킬의 정화가 아니던가.

70명이 힘을 합친 오러를 어떻게 1인이 발현한 오러로 누를 수 있단 말인지.

보기에는 힘으로 누른 것처럼 보이지만 지오는 단지 각도를 틀었을 뿐이다.

이탈리아가 지오에게 정직하게 집착했기에, 그리고 필요 이상으로 오러 랜스가 길었기에.

그렇다. 승부는 오러와 오러가 접촉하는 순간 이미 결정된 것이었다.

피의 업적!

'피의 수레가 굴러가기 시작했습니다.'

대단합니다!

당신은 무려 70인이 합세한 집단 스킬을 파해하였습니다.

국가 대항전 이후 유례없는 업적입니다.

이에 파편 주자의 권능이 발휘되었습니다.

적이 구사한 스킬의 핵심을 파악할 기회를 부여합니다.

아주리 웨이브. 국가 전용 스킬 자격이 박탈되었습니다.

아주리 헬· 국가 전용 스킬 자격이 박탈되었습니다.

파악된 스킬은 더 이상 당신을 위협할 수 없습니다.

파해된 스킬은 집단 스킬이기에 동료와 공유할 수 있습니다.

스킬 포인트 1pt이 부여되었습니다.

"후우―"

지오는 길게 숨을 내쉬며 메시지를 즐겼다.

'아주리 랜스의 비밀이라… 제법 쓸 만하군.'

　　　　　　　　*　　　　　　　*　　　　　　　*

매서커는 매서커였다.

하나 경악스러운 그림은 이제부터가 시작이었으니…….

M병단 성원들의 복창은 없었다. 그저 무심하게 검을 들어 허공을 향해 길게 추켜올릴 뿐이었다. 일제히.

이내 영롱한 호선이 M병단을 중심으로 생겨나며 형형색색의 투명한 구슬들이 검끝에서 분리되어 거대한 랜스로 화한 아주리 군단을 향해 날아갔다.

슈우우우우우웅— 슈슈슈슝—!

1미터에 달하는 투명한 구체가 대기를 가르는 소리가 가늘고 경쾌하게 들려왔다.

그리고 수십 개의 커다란 구슬들이 구심점을 잃어 요동치는 청색 파도와 격돌했다.

콰콰쾅— 콰쾅!!

우르르르릉, 와당탕—!!

구체는 파란 장막을 뚫고 무작위로 골렘의 각 신체 부위와 창과 충돌하며 천둥이 치는 듯한 굉음을 토해냈다.

충돌로 중심이 틀어진 아주리 골렘들이 가속을 이기지 못하고 인접한 골렘과 충돌하며 나뒹굴었다.

[크읏—.]

[앗—!!]

통신관엔 당혹성이 일시에 터져 나왔다.

아주리들은 예외없이 자세를 제어하지 못했다. 뭉쳐 있었기에 그 피해는 더욱 막대했다.

구체와 충돌한 장창 역시 중심이 틀어지며 인접한 창을 건드리며 창끼리 엉겼고, 그 여파는 골렘에 고스란히 전가되어 진영의 균형을 흔들었다.

구체에 눌린 창끝이 땅에 꽂히며 창을 잡은 골렘을 하늘 위로 던져 버리는 그림까지 벌어졌으니, 고속 주행하던 차가 약간의 돌출만으로도 뒤집어지는 모습을 연상시키기에 충분했다.

그렇게 뒤집어지고, 뒤틀리고, 넘어지고, 엉기고, 떨어지고… 그렇게 아주리들은 완벽하게 붕괴되었다.

그럼 M병단이 날린 이 구체를 뭐라고 해야 할까?

오러 특유의 파괴적인 절삭력은 실려 있지 않았다.

하나 이 변형된 오러엔 가공할 절삭력 대신 묵직한 타격력이 담겨 있었다.

투명한 구체와 격돌한 골렘 부위에선 예외없이 장갑 이음새가 터지거나 함몰이 이루어진 게 그 증거다.

그렇다. 아무리 바늘이 날카롭다 한들 쇠구슬을 뚫을 수는 없다. 단지 타고 넘을 뿐이다. 타넘으면서 그 예리함은 방향성을 잃어버린 예리함이 되어 시전자에게 독이 되어 돌아온 것이다.

그러나 아주리 군단을 덮친 악몽은 계속해서 이어졌다.

지오의 검에선 이글거리는 열기가 대기와 맞닿으며 뿌연 운무가 무럭무럭 피어올랐고, 이 운무로 인해 다시 맺히기 시작한 붉은 오러는 마치 선혈같이 비추어졌다.

"전열 뒤로, 후열 앞으로―"

그다음 명령이 지오의 입에서 떨어졌고, 선혈같이 붉은 오러체가 전방을 향해 다시금 뿌려졌다.

'피의 수레바퀴—!'

부우우우욱—!

대기를 따라 수평의 균열이 붉게 벌어졌다.

오러를 투사한 전열이 뒤로 물러나며 그 자리를 후열이 차지했다.

"최대 동화율로— 투사!"

슈우우우우웅— 슈슈슈슝—!

다시 한 번 경쾌한 소음과 함께 형형색색의 오러체가 대기를 가로질러 아주리 군단에 떨어져 내렸다.

콰콰콱— 콰정—!!

와당탕— 쿠구덩—!!

아주리 군단의 후위열이 최선두열이 입은 피해를 무시하고 돌진했지만 그들 역시 피의 수레바퀴와 오러 버블에 난타당하고 말았다.

이들의 결과 또한 최선두열과 마찬가지.

이어 들이닥치는 아주리들에겐 뒤엉겨 너부러진 아군의 피해가 장벽이 되어 앞길을 막았다.

[안 돼— 크흑!]

[어쿠—!]

[멈춰—!]

당혹성이 뒤이은 아주리들의 통신관을 가득 메웠다.

[기동 해제, 기동 해제—!]

[스킬 해제!!]

지휘관들은 절규에 가깝게 외쳤다.

하나 집단 발현된 스킬이기에 쉽게 풀리지 않았다.

설상가상으로, 가득 불어넣었던 가속을 줄이지 못해 멈추어 버린 선두열의 뒤를 후위가 공격하는 형국이 되고 말았으니…….

우구덩, 콰광—!!

아군의 등을 공격하며 아주리 헬의 위력을 유감없이 발휘하고 말았다.

아주리들의 잔해가 공중으로 튀어 올랐다.

[크흑—!]

[으악!!]

단말마가 확성관을 뚫고 대기로 퍼졌다.

아주리를 상징하던 사나운 푸른 파도는 어느새 흔적도 없이 사라지고… 골렘끼리 지그재그식으로 뒤엉긴 추한 모습만이 드러냈다.

다시 이어지는 추돌, 정체, 뒤엉킴… 그리고 그 혼란의 중심으로 떨어지는 화려한 색의 오러 덩어리들!

콰광— 쿠쿵—! 투당탕!!

아주리들의 통신관에는 승리의 확신 대신 비탄만이 가득 자리를 잡았다.

[…아, 아.]

[…이건 아니야.]

*   *   *

M군단의 유저들은 자신들이 진다고는 생각지 않았다. 다만 쉽게 이길 것 같지도 않았다.

그러나 눈앞의 그림을 보라.

이것은 자신들이 방금 만들어낸 결과다.

[식은 스파게티처럼 엉겼구만. 크큭.]

[스파게티?! 딱 그 짝이구먼. 핫핫하―!]

[크하하하―!]

그랬다. 삐져나온 창들과 뒤엉긴 골렘들이 옴짝달싹못하며 엉긴 그림이 바로 그러했다.

방울방울 맺힌 오러체가 아주리 군단의 머리 위로 떨어져 내리며 혼란을 가중시켰다.

오러체가 끊임없이 만들어지는 것이 분명 수상한 그림임에도 이를 이상하게 생각하는 사람은 아무도 없었다. 그저 무적이라고 생각했던 아주리 군단이 저렇게나 무기력하게 당할 수 있다는 사실에 놀라 충격을 받아 침묵할 뿐이었다.

뒤엉긴 아주리들에게 오러 구의 투사가 잦아들었다.

E&T에선 골렘 오너는 아이템에 오러를 실어 날릴 수 있다.

다만 골렘에 탑승해서도 그게 가능한 골렘 오너는… 극소

수다.

그 극소수도 골렘 기동 시간을 소모해야만이 가능한 필살기다.

기동 시간이 다하면 보유 스탯이라도 태워야 하는데, 보유 스탯을 태우는 순간 기체의 수명도 줄어든다.

매서커가 독일전에서 보여준 폭주를 그렇게 받아들이는 이유다.

그렇기에 오러의 분리와 발출을 지금과 같이 연이어 수개를 날릴 수는 없다는 게 E&T상의 상식이었다.

오직 하이엔드 유저만이 오러체를 담거나 날리는 고급 기술을 자유자재로 구사한다고 알려졌다.

한데 매서커 군단의 골렘 오너들이 보여주는 지금의 그림은 무엇이란 말인가?

물론 일반 골렘 오너도 심혈을 기울여 기동 시간을 담보하여 한 번쯤은 가능하다. 하나 이런 식으로 연속해서 오러를 발하는 것은 상상할 수 없는 일이다.

이제야 화면의 중심이 매서커 군단의 골렘들이 들고 있는 검에 집중되었다.

그러했다. 그것은 뭉툭한 검이 가진 성능을 발휘한 기적이었다.

아크 메이지 일단과 마에스트로 헉스. 두 사람이 아웅다웅 합심해서 만든 아이템이었다.

검에 붙여진 이름은 버블 블레이드.

버블 블레이드. 이 뭉툭한 외형으론 골렘 간의 단병접전이 절대로 불가능하다.

하나 오러를 생성하고 분출하게끔 최적화된 이이템이었으니, 하나의 오러를 날리는 수고를 6~12개로 나누어 투사하게끔 고안된 것이었다. 투사된 오러들이 내부가 방울처럼 투명한 이유였다.

또한 오러의 특질도 변형되었다. 파괴적인 절삭력이 사라지고 대신 터무니없는 타격력이 그 자리를 대신한 것이다.

이탈리아만이 국가 전용 아이템과 전문 스킬로 무장한 게 아니었다.

버블 블레이드라는 아이템과 이를 효율적으로 만들어내는 스킬인 오러 버블. 한국의 국가 전용 아이템과 전용 스킬이 오늘 처음 세상에 선보인 것이었다.

이로써 아주리 군단의 전설은 전 세계인이 지켜보는 가운데 막을 내렸다.

여하튼 총 350기로 이루어진 아주리 군단 중 200기는 아직 건재한 상태였다. 다만 혼란스럽게 뒤엉겨 있을 뿐이었다.

이때 E&T 전체 공지가 떴다.

주력 격파!
"한국이 이탈리아의 집단 스킬 아주리 웨이브를 봉쇄했습니다."

> 한국이 기동 시간을 담보로 한 헌신적인 공격으로 이탈리아의 예봉
> 을 꺾었습니다.
> 이에 한국 유저들에게 기동 시간을 1분 추가 보정합니다.

M병단이 펼친 오러 버블의 비밀을 이렇게 공개적으로 내
보내 버리다니!

'치사하기는, 10분이라는 시간을 준 걸 후회하게 만들어주
지.'

지오가 명령했다.

"M군단, 앞으로—!"

"오—!!"

거대한 함성이 통신관이 아닌 확성관을 통해 터져 나오며
푸른 하늘이 울렸었다.

함성엔 승리에 대한 확신이 충만했다.

폭넓게 도열한 M병단을 지나 M군단의 골렘 오너들이 아
주리들을 향해 돌진했다.

뒤엉겨 버린 아주리들을 덮쳤다.

크가가가각— 쿠쾅!!

아주리 군단은 장창 운용에 특화된 집단으로, 단병접전용
무기는 착용하고 있지 않았고, 마찬가지로 특유의 고속 돌파

력을 유지하기 위해 두툼한 외장갑은 어깨밖에 착용하지 않은 상태였다.

거추장스럽게 변한 긴 창과 얇은 장갑. 각 골렘 오너들의 개인기가 어떻든 간에 사기가 충천한 M군단을 상대하기엔 역부족이라.

이탈리아 지도부는 이 광경을 충격에 휩싸인 채 멀거니 지켜볼 뿐이었다.

콰저적—! 투탕!!

금속 파열음이 메아리 쳤고, 아주리들의 통신관은 구조를 요청하는 절박한 외침으로 가득 찼다.

아주리들의 혼란은 더욱 가중되었다.

機甲戰記
Massacre
기갑전기 매서커

매서커 병단은 승리의 소음을 즐기며 휴식을 취했다.

버블 블레이드 끝이 벌겋게 달아올라 이글거렸다.

아무리 특수 아이템과 전용 스킬이 받쳐 주었다지만 오러를 날린 것은 날린 것이다. 하여 전과를 일군 만큼 기동 시간이 줄어든 상태다.

M병단 골렘 오너들이 스스로를 희생한 것이다.

하나 이 희생을 발판으로 한국은 분명 승리를 공유할 것임을 믿어 의심치 않았다.

골렘끼리 한 무더기로 뒤엉긴 기다란 띠를 사이에 두고 M군단의 사냥이 유쾌하게 전개되었고, 열린 통신관을 통해 그 전개 과정이 고스란히 모든 참전 유저들에게 전해졌다.

[크크큭, 3기째 잡았다.]

[하하핫, 나는 5기째.]

[앞으로 나아가라! 저기 붉은 등짝 거북이들이 오고 있는 게 안 보인단 말인가?!]

[왔구나~ 왔어~ 거북이들이 왔구나~]

유린당한 아주리들 뒤로 붉은 사각 방패를 덜걱거리며 달려오는 이탈리아 골렘들이 보였다.

허겁지겁 달려왔지만 이미 진형이 붕괴된 아주리들은 서로가 서로를 밀치며 전멸 직전의 공황 상태에 빠져 있었다.

[밀지 마. 후위는 뭐 하는 거야?! 크읏.]

[공간 확보—! 떨어져! 뒤로 물러나라고—!]

아주리들은 서로를 엄호하지 못한 채 후위대가 보는 앞에서 먹잇감으로 전락했다.

[공간 확보가 안 돼! 크윽…….]

그렇게 아주리 군단이 무기력하게 무너지자 후위대마저 절망에 빠졌다. 승리의 과실을 수확하는 일이 자신들의 일인데 오히려 수확당하는 아군을 지켜볼 수밖에 없는 일이 발생하다니…….

이에 지휘부의 당황함도 혼란함을 가중시켰다.

[달려— 어서 빨리 달리라고.]

달리라니?! 12톤에 달하는 통짜 방패를 들고 어떻게 달릴 수 있단 말인가.

[후위대! 아주리들을 어서 빨리 구출하라!!]

버럭버럭.

마음이야 굴뚝같지만 이런 무거운 방패를 들고는 무리였
다.

그랬다. 들고 있는 방패가 문제였다, 일반 방패보다 3배나
무게가 더 나가는 사각 방패가.

고대 로마 군단병들의 후손을 자처하며 사각 방패를 채용
했는데, 이는 고기동을 방해하는 요소가 되었다. 오히려 다급
하게 뛰는 바람에 방패진 특유의 질서 정연함마저 사라지고
없다.

이탈리아의 후위대는 무질서하게 전장에 도착했고 조직적
인 전열을 갖추기 전에 사기가 고무된 M군단과의 접전에 빠
져들어야만 했다.

M군단의 병단장들이 성원들에게 명령했다.

[병진을 갖추게 해선 안 돼! 적들을 분리시켜.]

[난전 유도, 각개 돌입!]

[몸으로 밀어붙여!!]

이후로는 구체적인 명령이 필요없게 되었다.

M군단의 성원들은 병단장들이 무엇을 요구하는지 잘 알고
있었다.

M군단의 골렘들은 곧 이탈리아 방패 군단과 빠르게 섞여

들었다.

붉은 팥에 온갖 색깔의 콩들이 섞이는 형국.

와당탕! 퉁탕―!!!

까가가각― 캉―!!

방패와 몸체가 충동하는 꽝음에 대기가 부서져라 진동했다.

곳곳에서 무질서한 단병접전이 펼쳐졌다.

[파고들어라― 더 깊이 파고들어라―!]

무질서한 전투와 전장, 조직력이 필요없는 전투가 한국에 필요했고, 그 시작을 M군단이 만들어야 했다.

M군단의 뒤를 이어 구 지도부에서 합류한 골렘들이 전투에 가세했다.

[우리 차례다. 가자―! M군단을 엄호한다!]

[와아―!!]

M군단이 만든 공간을 따라 수백 기의 골렘들이 전장으로 스며들었다.

이들의 가세로 전장은 넓게 확대되었고 이탈리아 방패 군단은 자신들의 장기를 전혀 발휘하지 못하고 밀려나기만 했다.

그들은 황급히 수비진을 구축할 생각을 했지만 이미 피아가 뒤죽박죽으로 뒤엉긴 뒤였다.

전투는 일대일, 이 대 일씩의 단병접전으로 전개되었고, 한국의 개인 유저들로 이루어진 지원 부대까지 전투에 가세하자 그 혼란은 절정을 이루었다.

우르르르릉— 쿠과광쾅—!

아이템 대 아이템, 스킬 대 스킬, 개인기 대 개인기가 격돌하며 곳곳에서 날카로운 섬광과 굉음이 터져 나왔다. 전투의 혼란스러움을 카메라가 쫓지 못할 지경.

이탈리아 방패 군단의 위력은 좌우에서 아군의 지원을 받을 때만 그 위력과 견고함이 빛이 난다. 하나 지금의 그림은 그 장점을 전혀 발휘하지 못했다. 어딜 둘러보아도 적의 모습이 보였고, 배후 저 너머에서까지 전투의 소음이 하늘을 찔렀다.

등 뒤에서 들리는 격렬한 전투 소음. 이는 이탈리아 유저들을 더욱 허둥거리게 만들 뿐이다.

[저지선 구축! 저지선 구축!!]

어디에서부터 저지선을 구축한단 말인가.

이탈리아 지휘부의 때늦은 외침이 공허하게 퍼질 따름이다.

한국의 유저들은 이탈리아의 거대한 방패를 목표로 무조건 어깨 받음부터 걸었다.

우그적— 콰과아앙—!

균형이 무너지면 다른 한국 유저가 득달같이 달려와 빈틈에 검을 찔러 넣는 식으로 이인 일조, 삼인 일조가 만들어지며 같은 식의 사냥이 이어졌다. 마치 일 년을 오늘 하루를 위해 연습한 것과 같은 조직력이 아닐 수 없다.

부수고 부서지고, 파괴하고 파괴되고, 가르고 갈려지고, 무너뜨리고 무너지며… 한국 측에서 한 기의 골렘이 반파되면 이탈리아는 두 기가 대파되는 비율로 이탈리아의 피해가 점점 커져만 갔다.

그리고 결국 그들은 해서는 안 되는 결정을 내리고 말았다.

[후퇴해서 재정렬— 100인대별로 재정렬—!]

이는 완벽한 악수(惡手)였다.

이제 막 난전에 익숙해졌고 아군과 보조를 맞추어 저항하려는 시점에 다시 정렬하라니.

[재정렬— 재정렬— 100미터 후위에서 저지선을 구축한다!]

재정렬을 독촉하는 지도부로 인해 이탈리아 방패 군단은 더욱 위기에 몰리게 되었다.

물러나는 적을 그냥 놔둘 한국이 아니다.

질기게 따라붙으며 물고 늘어졌다. 적진에 포위되려고 작정한 듯 이탈리아 방패 군단 속으로 파고들어 좌우를 휘저었다.

좌충우돌!

[어딜, 방패는 두고 가시지.]

크가가각—!!

[크헉!]

거대한 직사각형의 붉은 방패는 이탈리아 군단의 상징 아이템. 좌우의 동료와 등 뒤의 동료까지 함께 밀어야 그 위력을 발휘하는 아이템이 아니던가. 하나 이 자랑스러운 방패는 이미 거추장스럽게 시야를 가리는 도구로 전락한 상태다.

곳곳에 보이는 것은 제 세상을 만난 것처럼 설치는 한국의 골렘들뿐이다. 한국의 골렘 오너들은 전과 회수를 도외시한 채 이탈리아 진영 깊숙이 파고들려고만 했다. 마치 싸움에 미친 광전사처럼.

누구 하나 쓰러진 골렘을 거들떠보지 않았다.

반파된 아군을 알아서 두 기의 골렘이 붙어서 엄호했고, 무사히 전장 이탈을 확인한 다음엔 어김없이 전투에 복귀했다.

서로의 눈이 되어주고, 어깨가 되어주고, 팔이 되어주고, 다리가 되어주었다.

어떻게 이렇게 서로에게 헌신적일 수 있단 말인가.

그렇게 한국은 무질서한 가운데에 끈끈한 조직력을 발휘했다.

*   *   *

…한 시간이 흘렀다.

벌판 곳곳에는 회수하지 않은 골렘들이 너부러진 채 방치되어 있었고 떨어져 나간 장갑 파편들이 초원을 뒤덮었다.

이탈리아는 경기 시작 직전 운석이 떨어진 분화구 중심으로 비탈면을 점거한 채 원형의 방어진을 구축한 상태였다.

원형 도넛이 연상되어지는 방어선이다.

이탈리아는 난전 가운데 무려 700기에 달하는 골렘들이 살아남았다. 이도 저력이라면 저력이리라.

살아남은 방패 군단의 수는 예상보다 많았지만 만신창이 상태로 위축되어 오그라들었다는 느낌이 고스란히 느껴질 정도다.

그러나 그렇게도 원하던 방어선을 이제는 구축했다는 것.

한국 골렘들의 피해도 만만치 않았다. 하나, 원기왕성하게 움직이며 비등한 전력의 이탈리아를 포위한 채 압박하고 있었다.

에너지가 넘쳤다.

이탈리아 지도부도 냉정을 되찾았다. 자신들의 상대가 누구인지 이제야 직시할 수 있게 되었다. 16강에 올랐고, 우승 후보였던 미국과 독일을 상대로 승리한 나라임을.

[…지키면 이긴다! 전체 동화율 33% 유지. 시저 패링 전개─!]

[시저 패링 전개—!!]

골렘 확성관을 통해 이탈리아 유저들의 각오에 찬 외침이
터져 나왔고, 방패와 방패끼리 맞물리게 가로로 세워 길게 들
기 시작했다.

철컥, 철컥. 처엉, 처엉—!

철벽이 생겨났다.

이것으로 전부가 아니었다. 집단 스킬이 방패 연결과 동시
에 발현되었다.

위이이이이이이이잉—!

철벽의 표면 위로 방패 모양의 붉은 벽이 생성되더니, 빠르
게 방어진의 표면을 따라 돌기 시작했다.

그렇게 붉은 띠가 선명하게 만들어졌다.

이것은 분명 오러!

이어 달라붙은 한국의 유저들을 5미터나 밀쳐 내버리는 게
아닌가.

[앗!]

[허업!]

통신관을 넘어 경호성이 튀어나왔다.

한국 유저들은 믿을 수 없는 상황에 다급하게 달려들었다.

터덩— 트둥—!

회전하는 오러 방패가 공격을 예외없이 막아버렸다.

타격이 가해지는 지점엔 어김없이 몇 겹의 오러가 중첩되며 두터운 벽을 만들며 물리적인 공격을 튕겨냈고, 이 오러 벽에 부딪친 무기의 날은 사정없이 무뎌지며 고유의 날카로움을 잃었다.

[크으…….]

낮은 침음이 한국 유저들 사이에서 새어 나왔다.

이탈리아의 또 다른 자랑인 '시저 패링'이 성공적으로 발현된 것이다.

시저 패링. 아주리 웨이브가 이탈리아의 창이라면 시저 패링은 이탈리아의 방패!

그렇게 옅은 방패 모양의 오러 벽이 방어선을 따라 돌기 시작하자, 이후 한국의 공격은 전혀 먹히지 않았다. 중량을 실은 방패 치기, 어깨 받음까지 전부 소용없었다.

질 수 없다!

[오러엔 오러다! 이따위 얄팍한 오러로 얼마나 버티나 보자. 흐합!!]

몇몇 유저들이 각자의 무기에 오러를 담기 시작했고, 나머지 유저들은 이들을 엄호하며 공간을 확보해 주었다.

작정하고 준비한 오러이기에 스킬로 발현한 오러 벽이 따라올 수 없는 정도로 선명한 색을 자랑했다.

[한 방 날려!!]

한국 유저들이 전체통신을 통해 응원을 보냈다.

형형색색의 오러 줄기가 땅을 가르며 이탈리아의 회전 오러 벽을 향해 쇄도했다.

크카카카카카카칵─! 츠촹─!!

날카로운 충격파가 흩어지며 흙먼지가 뿌옇게 피어올랐다.

과연 결과는?

흙먼지가 하늘 위로 말려 올라가며 드러난 것은… 여전히 회전하는 붉은 벽이었다.

외애애애애앵─

오러 방패가 고속으로 회전하며 흙먼지를 말끔히 날려 버렸다. 먼지 한 톨도 안으로 들이지 않겠다는 듯이.

[…씨펄!]

오러 공격이 통하지 않다니!

한국 유저들은 크게 당황할 수밖에 없었다.

*   *   *

이탈리아 지도부가 여보란 듯 확성관을 통해 자랑했다.

[20분만 버티면 우리의 승리, 20분입니다. 시저 빅토─!]

[시저 빅토!]

이탈리아 유저들이 기합을 실어 호응했다.

한국으로서는 전투에 이기고 전쟁에 지게 될지 모르는 상황이 전개되고 있었다.

그때였다.

[좋아, 내가 해보지.]

그그그그긍— 텅!

거체의 골렘이 등장했다.

바로 다니엘 정이 탑승한 킹 골렘이었다.

후으으으응—!!

골렘 머리통만 한 강철 주먹엔 녹색 오러가 피어오르고 있었고, 그 주먹을 중심으로 공기가 흔들렸다. 오러에 휩싸인 강철 주먹이 전방을 가로막는 오러 벽을 향해 위에서 아래로 내려찍는 식으로 떨어졌다.

우르르릉—

녹색 오러 덩어리가 붉은 오러 벽을 관통했다. 그리고 방패 위로 떨어졌다.

콰광!

금속 파열음이 대기를 찢어발겼다.

우그덩—!

적중당한 방패는 쇠공에 맞은 것처럼 둥글게 함몰되었다.

한데 타격점을 중심으로 연결된 방패들이 덜걱거리며 좌우로 퍼져 나갔으니… 연결된 방패들이 파문의 너울거림으로 변해 물리 에너지마저 흡수해 버린 것이다.

오러가 담긴 만큼의 위력은 있었다. 원형진 마지막 열에서 뒤를 받치던 두세 기의 골렘이 전달된 충격파에 네다섯 걸음을 물러나며 엉덩방아를 찧고 말았다. 하나 곧 벌떡 일어나 대열에 복귀해 버렸다.

완벽한 충격 흡수!

그렇게 다니엘 정의 킹 골렘이 방패진을 뚫으려는 공격도 허사가 되고 말았다.

다시 한 번 시도된 킹 골렘의 오러가 실린 타격. 결과는 역시나 마찬가지였다.

[…빌어먹을!]

다니엘 정의 허탈한 외침이었다.

이를 기대에 찬 눈으로 지켜본 한국 유저들도 낙담하기는 마찬가지였다.

오러가 실린 주먹이 통하지 않다니…….

초중량의 킹 골렘이 그러할진대 다른 한국 유저들의 공격은 두말할 것도 없었다.

그만큼 이탈리아 오러 방패는 견고하고도 견고했다. 아니, 유연하고 유연했으니 이탈리아의 저력이 수비에서도 느껴지는 대목이었다.

[…이거야 원, 12기를 노획했다고 좋아할 일이 아니군. 전쟁에 지면 아무 의미가 없잖아.]

그랬다. 흘러가는 그림은 분명 전투에 이기고도 전쟁에 질 수 있는 상황!

[힘냅시다! 제까짓 게 얼마나 버티는지 봅시다. 이엽―! 끌어올라라, 피여!]

[이참에 한번 죽어보자! 일렁이는 엘리시온의 불―!]

[…타르타로스, 심연의 불꽃!]

회전하는 오러 벽을 향해 수많은 오러체들이 퍼부어졌다.

한국은 그렇게 포기하지 않고 공격을 이어나갔다, 혼신을 다해.

이 순간, 후회가 없도록 최선을 다하자는 생각뿐이었다.

형형색색의 오러 덩어리와 강력한 스킬 이펙트가 붉은 벽과 충돌하며 현란한 빛을 토해냈다. 일방적인 난사.

콰광― 우르릉!

한국의 투혼이 담긴 공격에 최전선에 도열한 이탈리아 골렘들의 방패 중 성한 게 없을 정도로 너덜하게 변해갔다.

한국 유저들 투혼과 끈기의 성과이리라.

[힘내! 조금만 더! 더!!]

[좋았어. 곧 무너진다! 이얍!!]

둔기와 도끼를 주 무기로 사용하는 한국 유저들이 앞 다투어 나섰다. 그렇게 곧 성과가 나타날 것 같았다.

하나 그러한 기대는 오래가지 않았다.

이탈리아 지도부에서 재차 명령이 떨어진 것이다.

[전열 교체—!!]

[교체!]

이탈리아 유저들의 복창 소리가 확성관을 통해 전장에 울려 퍼졌다. 그 속에는 전혀 위축되지 않은 여유로움이 담겨 있었다.

철컹, 철컹! 척, 척!

부서지기 일보직전까지 몰린 이탈리아 최전선열이 바로 뒤에 위치한 다음 열과 교체했다. 물러난 열은 다음 후위 열과 교대하는 식으로 맨 마지막 열까지 단계적으로 물러났다, 질서 정연하게.

그리고 걸레가 되어버린 방패를 미련없이 버리더니 두 팔을 내밀며 어깨를 밀착하는 식으로 중량을 실었다.

이탈리아 방패진은 그렇게 새것이 되어버렸고, 옅어졌던 오러 벽은 다시금 선명함을 되찾았다.

[빌어먹을!]

한국 유저들의 입에서 허탈한 욕지기가 튀어나왔다.

[…기동 시간이 10분밖에 안 남았는데…….]

그랬다. 모두가 기동 시간을 담보로 한 공격을 퍼부은 것이었다.

다시금 혼신을 다해 오러를 퍼붓는다 해도 이 상황이 달라질 것 같지도 않았다.

국가 전용 아이템과 집단 전용 스킬을 개발하지 못한 한국의 안타까움이라면 안타까움이리라.

그때였다, 한국 측 유저에게 전체 통신이 전달된 것은.

"공격 중지. 남쪽 중앙을 중심으로 30미터 폭의 공간을 확보해 주십시오."

…매서커였다.

그의 조용하고 차분한 목소리에 안타까운 울분은 눈 녹듯이 사라졌다.

한국 유저들은 흥분을 가라앉히며 이탈리아 방어선에서 천천히 물러났다.

그래, '그'라면 돌파구를 만들 수 있을 것 같다는 기대심이 자리 잡았다.

機甲戰記
Massacre
기갑전기 매서커

[공간 확보!]

한국 유저들은 지오의 명령을 예외없이 복창하며 따랐다.

남쪽 공간이 열리기 시작했다.

통로가 만들어지며 모두의 시선과 중계 그림이 집중되었
다.

열린 공간 저 멀리서 붉은 점 하나가 나타나더니 점점이 커
져 갔다.

이어 그 붉은 점 뒤로 작은 규모의 붉은 점들이 좌우로 하
나둘씩 늘어나기 시작했다.

매서커와 함께 휴식을 마친 M병단, 바로 그들이었다.

그들은 빠른 속도로 달려오고 있었다, 전력 질주를 넘어선 속도로.

중계 그림이 확대되는 붉은 점을 따라잡았다.

이럴 수가!

지금 M병단이 들고 있는 것은 아주리 군단의 창이 아닌가?!

그러나 더 놀라운 것은 그 창으로 만들어낸 스킬 이펙트였다.

창이 고속으로 회전해 와류 형태의 오러가 피어오르며 랜스의 형태를 띠고 있었다. 아주리들이 했던 것처럼.

오러 랜스. 그 색만 다를 뿐이다.

M병단이 일으킨 오러 렌스의 색은 붉었다, 선홍빛 피처럼.

어떻게 이런 일이 가능할 수 있단 말인가.

적국의 전용 아이템을 습득해 보았자 아이템의 세부 스펙에 대한 정보창이 열리진 않는다. 그저 아이템이 가지는 물리적 기본 스펙만이 나타난다.

좋다, 노획한 아이템은 쓸 수 있다. 아이템은 그렇다 치자.

문제는 스킬이다.

오러 랜스는 국가 전용 스킬이다.

오직 이탈리아 유저들만이 발휘할 수 있는 스킬. 어떻게 그 스킬을 색만 달리해서 한국의 M병단이 펼칠 수 있단 말인가.

그러나 지금 전력 질주로 달려오는 M병단의 그림은 분명 아주리 군단이 선보인 랜스 차지 대형과 스킬 이펙트가 분명했으니… 이는 한국 유저 중 누군가가 전용 아이템과 독점 스킬의 비밀을 풀었다는 이야기가 된다.

아이템의 세부 스펙에 대한 숙지와 전용 스킬이 합쳐져야만이 국가 고유 집단 스킬이 만들어진다.

한데 어떻게 한 시간도 되지 않은 사이에 노획한 아이템의 특성을 파악하고 아이템을 기반으로 하는 국가 독점 스킬을 발휘할 수 있단 말인지…….

놀라운 그림을 전 세계인이 숨죽이며 그저 지켜볼 뿐이었다.

한국이 펼치는 오러 랜스 스킬의 진위 여부는 충돌 시 정확하게 판명날 것이기에.

그 순간 이탈리아 진영에 변화가 나타났다.

[당황하지 마라. 짝퉁 스킬이다. 그저 짝퉁일 뿐이다.]

이탈리아 지도부는 자국 유저들을 그렇게 위로했다.

하나 오러는 오러.

[남쪽으로 병력 집중— 충돌에 대비한다—!]

만에 하나 있을지 모르는 불상사를 대비해 남쪽 방위로 전력이 움직였다.

다른 방위에 비해 남쪽의 오러 벽이 배는 두툼해졌다. 무려 11개 열이 집중된 결과였다.

이 변화를 지오가 모를 리 없다.

'훗, 바라던 바지.'

지오는 이탈리아의 병력 이동을 확인하고는 미소를 짙게 배어 물었다.

M병단이 일으킨 붉은 파도는 이탈리아 진영에 다가갈수록 그 색이 짙어졌고, 돌출한 선두를 중심으로 조금씩 좁혀졌다. 이탈리아 아주리들이 그랬던 것처럼.

그리고 그 선두에 지오의 철기린이 있었다.

흐릿한 암청색 도색에 돌출한 붉은 오러 랜스 한 줄기가 모두의 시선을 잡아당겼다.

아무튼 지오를 향해 M병단 전력이 점점 뭉쳐졌고 뭉쳐질수록 오러 랜스의 길이는 늘어났다.

마치 랜스 끝에서 핏물이 뚝뚝 떨어질 것처럼 선홍빛을 뿌렸다.

M병단의 속도는 점점 증가했다.

방송 화면창엔 평상 전력 질주의 3배라 표시하며 스킬 가속이라고 표시했다.

대단한 속도임에는 틀림없다, 하나 어느 순간부터 그 이상으로 가속은 붙지 않았다. 이탈리아 수비진을 돌파하기엔 턱없이 부족한 속력임이 분명했다.

"동화율을 올립니다. 여러분! 힘내서 동화율 끌어올려 주십시오."

그랬다. 스킬을 펼치는 식으로 흉내는 냈지만 개개인이 가진 능력을 극대화한 결과였다.

아주리들이 시현한 중력 가속도 3G 상태에 들지 못한 것이다.

M병단의 성원들은 지오의 명령대로 동화율을 끌어올렸다.

각자가 골렘 오너로서 최선을 다해 심력을 집중했다.

> 집단 동화율 동조 상태입니다. 동화율 동조 정도는 41%를 유지하고 있습니다.

M병단 전원이 동화율 41%를 유지하고 있음이다.

이에 통상 전력 질주의 4배 속도로 속력 증가가 있었다.

서 있는 상태가 1G, 롤러코스트를 탔을 때 공포를 느끼는 아찔한 순간이 4.4G다. 참고로 비행기가 시속 850㎞로 날 때가 2G다.

M병단 유저들은 지오가 끌어올리는 동화율에 맞추어 동화율을 끌어올렸다.

> 성원 간의 집단 동조가 일어나고 있습니다. 스킬 발생 조건에 곧 도달할 수 있습니다.

지오의 동화율이 44%, 53%, 62%… 점차 증가하였다.

그에 따라 리더인 지오에게 각 성원들의 현 상태가 고스란히 전달되었다.

그들의 심장박동, 빠른 혈류, 터져 나오는 고통을 이겨내려는 신음까지 모두 연결되어 지오를 압박했다.

원래 집단 스킬의 습득은 처음엔 리더를 중심으로 2명에서 시작해 회를 거듭할수록 그 참여 인원을 늘려 나가야 한다.

그렇기에 조직력의 꽃이라 불릴 수 있는 것이다.

한데 지오는 지금 M병단 전원을 집단 스킬 발현에 동참시킨 것이다.

…미친 짓이 아니고 무엇이랴.

하나 지오의 생각은 달랐다.

오늘 아니면 어떤 또 다른 날이 있어 하나됨을 누려보겠는가, 라는.

지오는 몰려오는 고통을 참아냈다.

동료를 믿기에, 자신을 믿기에, 동료들이 믿는 자신을 믿기에.

마음 한구석 그 어디에도 의심이 침투할 자리는 없다.

"우와―!!"

지오는 자신의 마음을 함성을 통해 전우들에게 전달했다.

[우와―!!]

통쾌한 함성이 일제히 터져 나왔다.

*   *   *

모두가 하나되어 이를 꽉 물고 함께 달렸다.

동조율이 66%에 다다르자 성원들이 가까스로 따라붙는다는 느낌이 들었다.

[…으읏.]

통신관을 통해 쥐어짜는 듯한 신음이 흘러나오기 시작했다.

…여기까지가 한계였다.

'아, 아직 부족한데…….'

지오는 동료들과 보조를 맞추어야 했기에 동화율 증가를 멈춰야 했다.

이에 가속되었던 속력이 조금 떨어졌다.

66%로 유지해선 충분한 돌파력을 만들어낼 수 없다.

적은 오러 벽으로 준비를 마친 상태.

[흐음…….]

하나 이것도 힘들었는지 동화율을 유지하지 못해 힘들어하는 성원들의 신음이 여기저기 튀어나왔다. 그 고통은 지오에게 고스란히 전가되었다.

누구 하나 예외없이 쥐어짜고 있음이다.

만약 이들이 랜스 차지 대열에서 뒤처지거나 떨어져 나가면… 의미가 없다.

대열에서의 이탈. 이탈리아 아주리들이 보여준 그림에서는 있을 수 없는 일이다.

그랬다. 스킬 전개가 아닌, 스킬을 만드는 과정에 위기가 찾아온 것이다.

최악의 경우엔 계란으로 바위를 치는 결과가 나올 수도 있다.

"전우 여러분, 매서커입니다. 저에게 몸을 맡겨주십시오. 기체를… 제게 맡겨주십시오."

이는 뒤처지려는 기체를 지오 그 자신이 통제하겠다는 뜻.

서로에게 대단히 위험한 요청이다.

통신관을 통해 성원 중 누군가 외쳤다.

[매서커, 있는 힘껏 끌어올리세요—! 따라가는 데까지 힘을 보태겠습니다!]

이어,

[73%까지 받쳐 드리겠습니다.]

[무시하고 속력을 끌어올리세요. 컨트롤을 넘깁니다.]

[그래요! 달리세요. 있는 힘껏!]

M병단 성원들은 깨달았다.

스킬이 없는 상태에서 돌파 속도에 도달하려면 선도 기체를 따라 동화율을 끌어올려야 하는 것임. 그리고 그에게 통제권을 완벽하게 넘겨야 함을…….

"…그럼."

지오는 성원들의 뜻을 받아들였다.

동화율을 끌어올리자 피가 머리로 몰렸다.

스으으으으응―

> …동화율이 73%에 달합니다. 5기의 골렘 통제권을 확보했습니다.

지오가 뒤처지려는 강철 거인의 통제권을 받아들이자 주춤하던 속력이 다시 증가하기 시작했다.

> 과도한 전력 질주 상태입니다. 경고, 경고, 폭주 상태입니다! 피가 머리로 몰리고 있습니다. 신체에 과도한 압박이 가해지고 있습니다.

'이봐, 이 정도 가지고 뭘. 난 E&T로 단련된 지오라고.'

순식간에 속력이 증가하며 눈앞이 핑 돌았다.

동화율을 끌어올리지 못한 M병단의 성원들이 무더기로 발생했고, 그들의 통제권이 지오에게 넘어왔다.

한 덩어리의 붉은 해일이 서서히 만들어져 갔다.

이어 지오가 일으킨 오러 랜스의 길이는 선명하게 늘어났으니… 창과 합친 길이가 무려 12미터를 넘어서고 있었다.

동화율이 올라갈수록 속력은 증가하였고 그에 비례하여 오러 랜스 길이도 늘어만 갔다.

지오의 고통도……

*   *   *

M병단의 성원 중 한계를 극복하는 이들이 생겨났다.

[매서커님 덕에 제 한계를 넘었습니다. 동화율 85%가 이런 느낌이군요. 감사합니다.]

지오의 동화율을 느끼는 유저들은 점점 더 늘어갔다.

그리고 지오가 어떤 상태인지 알 수밖에 없었다.

모두가 어느덧 한 몸이 되었기에.

[…저는 여기까지입니다. 부탁합니다…….]

지오의 뒤를 받쳐 주던 마지막 한 기마저 떨어져 나갔다.

> 동화율 88%입니다. M병단 전 기체를 통제하에 두고 있습니다. 과부하 상태에 듭니다.

'크으…….'

…80%가 넘었음에도 집단 스킬은 생성되지 않고 있었다.

반드시 생성되어야 할 집단 스킬임에도.

지오는 더 이상 기대하지 않게 되었다. 오히려 홀가분했다.

동화율 90%에 달했고 이를 받쳐 주는 성원은 아무도 없었다. 어떤 유저가 있어 강철 거인에 탄 상태로 90%대의 동화율을 끌어올릴 수 있겠는가.

지오의 철기린, 단 한 기만이 M병단을 이끌고 돌진하고 있는 것이다.

철기린이 함께 달리던 M병단에서 분리되어 튀어나왔다.

M병단은 차츰 지오와 거리가 멀리 벌어졌다. 완벽하게 동떨어졌다.

그럼에도 M병단의 전 강철 거인의 통제는 지오에게 집중된 채로 유지되었다.

이는 마치 폭풍우 속에서 풍차를 향해 돌진하는 돈키호테와 같은 그림이라.

[…한 기? 역시 별수 없군. 하하핫!]

내막을 알 길이 없으니 겉모습만으로 이탈리아 지도부가 여유를 한껏 부릴 수 있었다.

하지만 철기린의 핏빛 랜스의 길이는 전혀 줄지 않고 있었다.

지오는 앞서 나갔지만 전혀 홀로 남겨진 것 같지 않았다. 동료들의 염원이 창 하나에 모두 모여들고 있기에.

끈끈하게 연결되어 하나됨을 유지했다.

믿음!

속력을 끌어올리고, 오러를 키우고 유지할 수 있는 것. 이 모두가 동료들이 자신을 믿고 의지했기에 가능한 일이니까.

고통은 잊었다. 그저 가슴 먹먹히… 든든했다.

회전하는 붉은 벽이 바로 코앞.

기세가 줄지 않는, 매서커의 의심없는 곧은 돌진에 이탈리아 지도부로 알 수 없는 불안감이 엄습했다.

[적은 한 기다! 뭉개 버려—!]

이탈리아 지도부는 불안감을 떨치기 위해 오러 벽의 변화를 주문했다.

명령이 떨어지기 무섭게 붉은 오러 벽이 지오의 돌진 방향을 향해 타원형으로 부풀어 올랐다. 단숨에 집어삼켜 버릴 기세.

지오는 마지막 기력을 쥐어짜며 가상에 몰입했다.

창끝에 자신의 믿음을 동료들의 믿음을 담았다.

"후압—!!"

…동화율 97%입니다.

강제 개입!!
66입니다. 더 이상의 강제 기동은 무리입니다. 강제 접속 종료에 듭니다. 20, 19, 18……

고오오오오오오오—

랜스를 중심으로 공간이 갈라졌다.

붉은 선홍빛으로 빛나던 랜스의 끝에서 일직선의 강렬한 빛 한 줄기가 뿜어져 나왔다.

화악!!

빛은 순수한 오렌지색이었다.

태양이 날린 화살이 이럴까.

그림을 보는 시청자의 눈이 따가울 정도로 강렬한 빛이었다.

그리고 충돌!

스스스스—슛!!

과격한 파괴음은 없었다. 단지 무언가 스며드는 듯한 작은 기음만이 긴장으로 팽팽한 대기 속으로 가라앉았다.

태양이 날린 화살은 타원으로 부풀어 오른 오러를 아무 저항 없이 통과했다. 새벽안개 속을 밝히는 등대 빛처럼.

그렇게 오러 벽을 통과한 태양의 화살은 방패를 관통했다, 오직 점 하나로.

방패를 관통한 빛은 강철 거인의 팔뚝과 몸체를 관통했고, 후열의 방패를, 몸체를 차례로 관통했다.

오렌지 빛 한 줄기를 따라 오러 랜스가 파고들었다.

이 역시 무저항으로 오러 벽을 통과했다.

즈즈즈즈즈즈즛—

오러 랜스가 오러 벽을 통과하며 하나의 점은 하나의 원으로 팽창했다.

그렇게 빛의 유도를 따라 오러 랜스는 기세의 꺾임 없이 방패에 닿았다.

오러 랜스 끝이 닿은 방패 부위가 녹아들었다, 마치 종이에 불똥이 떨어진 것처럼.

이어 오러 랜스는… 방패를 뚫고 기체를 뚫고… 그리고 후위 열을 마찬가지로 유린하며 파고들었다.

이 그림을 무엇과 비교할 수 있을까?

맞다. 이는 불에 달군 쇠 젓가락으로 버터를 찌르는 것과 같은 모습이라.

그렇게 5개 열을 오러 랜스가 관통해 버렸다.

이탈리아가 자랑하던 오러 벽이 사라진 상태에서 지오의 철기린이 당도했다.

그 속력 그대로 이탈리아의 방패진과 물리적으로 충돌했다.

콰콰콰콰콰— 쾅—!!

우르르르르— 릉!!

이후 랜스 끝에서 터져 나오는 찬란한 황적색의 충격파.

철기린을 중심으로 방패진이 깊이 파였다, 함몰되었다.

…그 11겹의 방패진이.

진형의 균열은 지오의 철기린이 지나갈수록 그 폭이 넓어졌다.

물길이 갈리는 기적이 이럴까.

*　　　　*　　　　*

지오의 철기린은 이탈리아 대형 한복판에 파고든 채로 멈추었다.

철기린을 정점으로 삼각형의 공간이 만들어져 있었다.

[크윽—]

[아악!]

지오의 랜스에 관통당한 이탈리아 유저들이 신음을 터뜨렸다.

있을 수 없는 화끈거림이 척추를 타고 올라왔기에.

하나 이제부터가 시작이었다.

지오의 코앞으로 수겹의 방패 군단이 보였다. 겉보기에는 멀쩡했다.

철기린의 랜스엔 6기의 골렘이 방패와 함께 관통당한 채 부들거리며 떨고 있었다.

지오에게 그 진동이 고스란히 느껴졌다.

"…마무리! 하압!!"

지오가 남은 힘을 쥐어짜 마나 엔진을 폭주시켰다.

쩌저저저적—

그러자 철기린의 랜스에서 황금빛 실금이 생겨났다. 그리고 황금빛이 팽창하며 일시에 터져 버렸다.

쿠와앙—!!

귀청을 찢어발기는 엄청난 폭발음이 터져 나왔다.

창이 터지며 6기의 강철 거인도 함께 사방으로 터져 나갔다.

그리고 그 충격파가 좌우로 번져 나갔다.

그렇게 지오를 중심으로 완벽한 통로가 완성되었다.

[크악!!]

처절한 비명이 이탈리아 통신관을 뒤흔들었다.

철기린의 창을 지탱하던 오른팔은 어느새 날아가고 없었다.

그 뒤를 이어 M병단의 강철 거인들이 속속 당도했다.

붉은 해일이 방패 군단을 덮쳤다.

그리고 랜스 끝에서 태양의 화살이 어김없이 발사되었다.

화라라라라랏—!!

창 하나에 3, 4기의 골렘들이 방패와 같이 산적처럼 꽂히더니 어김없이 폭발했다.

콰광—!!

황금빛 섬광이 방패 군단을 뒤덮었다.

모두에게서 발현된 황금빛 선의 정체.

그랬다. 바로 집단 스킬이 생성된 것이었다.

한국의 집단 스킬 '태양의 화살' 이 만들어짐과 동시에 성공적인 데뷔까지 마친 것이다.

*　　　　*　　　　*

전장에 고요가 내려들었다.

방패진은 완벽하게 와해되어 두 발로 서 있는 강철 거인은 M병단의 강철 거인들뿐이었다.

지오는 남은 왼팔을 흔들어 대기 중인 한국 유저들에게 신호를 보냈다.

"…총공격."

쥐어짜는 이 한 마디밖에 할 수 없었다.

[와아―!!]

한국 측의 함성이 확성관을 통해 터져 나왔다.

그리고 해일로 화해 이탈리아 잔당들을 뒤덮었다.

크카카카카― 트충!

거친 몸 받음이 방패 군단을 강타했다. 오러 벽을 잃은 이탈리아의 강철 거인은 방패를 안은 상태에서 하늘을 바라보며 넘어갔다.

그 위로 한국의 강철 거인이 지나갔다.

그렇게 이탈리아의 방패 군단은 도미노가 무너지듯이 무너져 내렸다.

전투의 소음 속에 이탈리아 방송은 그저 침묵에 들 뿐이었다.

그렇게 루저에게 전멸당하고 말았다, 그 루저에게.

"어디 보자, 다음 상대가 러시아라… 내가 곰은 좀 다루지."

지오는 다음 8강 상대가 일본으로 정해지자 회심의 미소가 지어졌다.

그리고 불현듯 뭔가를 떠올렸다.

"…악! 피자 값!!"

機甲戰記
Massacre
기갑전기 매서커

행운의 여신은 가상에서만큼은 나를 사랑하신다, 진짜로.

···레벨업을 했습니다.

'이다지도 튼실한 경험치가 있다니!'

격전 내내 좀처럼 줄어들 줄 몰랐던 라이프 바의 이유는 바로 연이은 레벨업에 있었다.

오우거 사천왕의 목이 떨어졌을 때, 무려 4업을 했다.

한 마리당 1레벨씩!

필드 보스몹다운 엄청난 경험치가 아닐 수 없음이다.

나는 오우거 로드가 분출한 오러 파편에 난타당해 갑옷은 무용지물로 전락했고 온몸은 걸레처럼 찢어졌었다.

척추를 타고 숨골을 쥐어짜는 듯한 격통은 지금도 그 느낌을 선명하게 떠올려 준다. 내 특기인 동화율의 오버플로 상태는 이래서 좋지 않다.

아무튼 레벨업에 따르는 효과로 순수한 피가 마르지 않는 샘물처럼 체력이 차올라 만신창이로 망가진 몸을 지탱시켜 주었고, 흉포한 오러의 폭풍을 헤쳐 나올 수 있었다.

폭풍을 뚫고 나타난 나를 바라보던 오우거 로드의 눈엔 분명 경악이 담겨 있었다.

그렇다. 오우거 사천왕의 개입이 나를 오히려 도와준 꼴이 되고 만 것이다. 하나를 잡을 때마다 피 통이 풀로 차오르는 중이었으니 이것이야말로 '무적(無敵)' 치트키를 적용한 상황과 다를 바 없음이라.

무적 치트키 4연타!

어쨌든 이후가 중요하다.

바로 오우거 로드의 목을 베었을 때의 상황을 확인할 차례…….

뚜둥―

묘하게 긴장되었다.

제발, 정말로, 진짜로, 바라옵건대… 레벨 신이시여, 3레벨만이라도…….

응?!

뭐냐?

'하나, 둘… 오옷?! 이, 이럴 수가!'

한눈 가득 차오르는 메시지의 굳건한 기둥의 정체는?

레벨업 메시지가 주르륵 올라왔다. 그것도 무려… 열 줄.

텐, 텐, 텐―!

십 점 만점에 십 점!

텐 업!!

그 청량한 세븐 업이 아니다. 화끈한 텐 업이시다.

과연 오우거 로드. 엔딩 보스는 역시나 엔딩 보스였다.

경이에 가까운 경험치 핵폭탄이 떨어진 것이니 이는 진정 레벨 신 지고의 권능인 '폭렙의 은혜'가 이 매서커에게 증명된 것이라.

뒤늦은 확인이지만 손끝이 부르르 떨렸다. 벅차오르는 감동에 엉뚱한 외침이 터져 나왔다.

"오, 레벨 신이시여― 당신의 은혜를 믿습니다!"

터져 나오는 오버 멘트에 동료들의 의아한 시선이 쏠렸다. 잠시 후 그 눈은 부러움으로 바뀌었다.

이 호들갑이 무엇 때문인지 짐작되어서이리라.

동료들이 한마디씩 해주었다.

"추카추카― 피카추―!"

"꽉꽉 자라세요."

유독 큰곰이만 온몸을 뒤틀며 쥐어짜 내듯 말했다.

"…부러워하면 안 돼, 부러워하면 안 돼! 한 달간 밥맛이 없을 거야. 크으, 그래도 부러워……."

그런 그에게 일 년간 밥맛없을 것 같은 웃음을 선사했다.

당연히 코끝으로.

이에 큰곰이는 헤비메탈성 축하송을 터뜨리는 것으로 응전해 왔다.

"추우욱— 카아아아아아악—!"

애도 아니고… 갑자기 쪽팔려지니까 그만 하라고요!

그를 중심으로 은은한 서기가 피어올랐다. 그 자신의 성취를 자랑하고자 함인데… 오옷, 이럴 수가?!

서기의 정체는 분명 아우라!

큰곰이가 아우라를 뿌리다니, 이는 그가 완벽한 오러 유저의 성취를 획득했음이다.

이어지는 큰곰이의 외침.

"질투는 나의 힘! 토템 워리어—!"

토템 워리어라고? 그 말인즉, 히든 클래스를 부여받았음인데…….

아니나 다를까, 그를 중심으로 피어오른 서광이 켜켜이 짙어지며 뚜렷한 형상을 갖추어갔다.

그러더니 앞발을 든 거대한 곰이 일어섰다.

'아우라 베어'였다.

쿠오오오오오오오─!

일단 크기가 장난이 아니다. 한데 이 아우라의 색이··· 베리 큐트한 핑크빛이라는.

'하아, 핑크빛 아우라라니?! 우짜라고?!'

심리적 거부감이 화성과 태양 간의 거리다.

왜 있잖은가? 미소녀 마법 전대물에 등장하는 분홍빛의 뽀사시한 필터 톤 효과 말이다.

'···전혀 위협적이지 않아. 귀엽지도 않다. 맞아, 나만 그렇게 생각하는 건 아니야.'

큰곰이의 자백질에 동료들의 쓴웃음이 한가득. 작은곰이는 민망함에 땅바닥을 향해 연신 한숨을 토하고 있다. 말리기엔 이미 늦었으리라.

이어 작은곰이와 나에게 어마어마한 동정의 시선이 몰렸다.

'우잉? 왜 나까지? 덤으로? 억울해!'

이봐요?! 나, 주인공이라니까?!

같은 과(科)가 아닌 거, 여러분들이 더 잘 아시잖아요?

오히려 '늬들이 고생 많다' 라는 멘트로 위로해 줄 상황이 아닌가.

···소용없군.

나와 큰곰이가 민망한 퍼포먼스를 얼마나 남발했던가.

'워매, 훈남 지오가 도매금으로 넘어가네.'

작은곰이가 땅이 꺼져라 한숨 쉬며 뇌까렸다.

"에로 곰탱이… 레드 홀에게 히든 퀘스트를 부여받았다고 했을 때 말렸어야 했어."

아앗! 지저스!!

이는 재주는 곰이 부리고 돈은 왕 서방이 챙긴다는… 아니, 이 경우엔 퀘스트는 레드 홀이 부리고 큰곰이가 히든 클래스를 챙긴다가 되려나.

그, 그… 미련스럽고, 귀여운 구석이라곤 어디 하나 없게 밉살맞은데다, 결정적으로 식중독에나 걸려 죽었으면 싶은 곰.탱.이. 레드 홀이 히든 클래스를 부여하는 열쇠를 가지고 있었다는 말이잖아.

'이 자식이! 그간 먹여준 공이 있지, 나에게 히든 클래스를 상납해야 하는 게 웅지상정(熊之常情)이 아니겠는가. 감히 어디다……'

한동안 레드 홀을 방임하고 있었다는 생각이 머리를 스치고 지나갔다. 그리고 아쉽다는 생각은 넘실거리는 핑크빛 아우라를 보는 순간 여름 볕에 노출된 드라이아이스같이 순식간에 대기 중으로 흩어졌다.

'살았다!'

손에 든 짱돌을 살며시 내려놓았다, 알 수 없이 밀려오는 막중한 책임감에.

'이 지오, 여러분들의 눈과 귀에 큰 폐를 끼쳤소이다! 깊이

반성하겠소이다!'

이 말은 절대 입 밖에 낼 수 없다.

뭐, 아무렴 어때.

오늘은 좋은 날. 눈과 귀가 적당히 고생해도 좋다.

어쨌든 현재 큰곰에게서는 은연중 드러내던 의기소침하던 모습은 찾을 길이 없다. 들리는 대로 그의 목소리엔 에너지가 흘러넘치고 있으니까.

그렇다. 그는 그만의 에너지원을 찾은 것이다.

질투도 힘이 있어야 한다.

그의 힘은 질투. 그 질투는 전적으로 '가상 사회 초유의 엄친아', 나에게로만 투영, 투사된다.

그렇게 나에게 투영된 질투의 에너지는 풀 파워의 자뻑 모드로 충전. 우쭐, 거만, 콧대 높은 '나 잘난' 지오의 풍성한 가상 삶으로 이어질 테지.

이것이야말로 에너지 먹이사슬의 완성형이 아니고 무엇이랴.

별게 바이오 에너지가 아니다.

가상에선 사람의 원초적인 감정이야말로 청정 에너지원인 것이다.

나를 향한 수백만 유저들이 발하는 미움과 질시의 마음조차 버릴 게 없음이니, 그야말로 무한 에너지를 확보한 셈 아닌가.

고로 많이많이 미워하시라.

이때 거대한 분홍색 그림자가 잔잔한 겨울 바다의 파도처럼 너울댔다. 동시에 큰곰이의 경박에 근접한 흥얼거림.

"아쏴, 아쏴~ 이 몸이 Part 2로 넘어갔다네. 바미안이 선행 영지라네. 큰곰이 대박 났네~♪ 어서 빨리 돈을 긁자~? 큰곰이 대박 났네~♪ 어서 빨리 돈을 긁자~?"

정체불명의 운율에 맞추어 분홍색 곰이 춤을 추고 있다. 그만의 자축 세레머니.

…저러고 싶을까?

"그건 아니잖아. 허리는 제발… 돌리지 마!"

작은곰이의 절규가 허공에 흩어졌다.

젊은 영혼이 타의에 의해 찢어지는구나.

용납 안 되는 뒷모습은 그를 모른 척, 일당이 아닌 척, 나름 대범한 척 무시하자.

빌어먹을 핑크빛! 부담 백배다!

나의 메인 캐릭 매서커는 유저들의 죽음으로 완성되어진다.

판타지 소설에서처럼 '죽음을 딛고 서야 하는 자' 리고 거창하게 포장하고 싶지는 않다. 하나 유저들과의 갈등 없이는 성장하기 힘든 캐릭임에는 틀림없다.

지금은 바미안의 영주로 더 알려져 있다. 뒤에선 바미안의 강철 고슴도치로.

하지만 뭐라 부르든 상관없다.

적대적이든 우호적이든 가까이해서 득 볼 게 없다는 뜻이
니 대놓고 따 상태다.

그리고 하루 온종일 무얼 하든 병아리 눈물만큼 성장하는
정체기에 빠진 고렙이다. 다들 이 상태를 캐릭이 완성되었다
말하며 다른 즐길 거리를 찾을 시기라 하는데, 나는 이 의견
에 절대 동의할 수 없다.

하루 온종일 자신의 캐릭을 0.01% 성장시키기 위해 분투
중인 유저가 부지기수인데다 그러한 분투 중에 기회는 찾아
오기에.

결정적으로 지닌바 능력이 어떨지 몰라도 나와 E&T 최고
렙과는 무려 38레벨이나 차이가 있다.

E&T의 오픈 날부터 시작한 유저들 가운데 이런 슈퍼, 울트
라, 하이퍼, 초고렙이 수두룩하다. 가까이에 있는 일단과 헉
스 영감들이 그 증거다.

남들이 경험하지 못한 모험과 그 나름의 압도적인 업적을
먼저 쌓은 결과다.

그런 의미에서 매서커의 성장 잠재력은 여전히 무궁무진
한 셈이다.

널리고 널린 유저들이 자양분이니.

어쨌든 매서커의 자체 레벨이 영주 레벨 성장을 따라잡지

못하고 있는 상태다. 영지 경영도 빠듯하니 캐릭 자체의 레벨 업을 위한 별도의 시간을 가지기는 더 어려워지리라.

그 누구라도 나와 같은 상태라면 전부 가능성이 높은 영주 레벨을 끌어올리는 데 매진할 것이다. 나도 그렇게 판단했고 실행했다. 그리고… 시간이 흘렀다.

여기서 영주 포인트의 함정.

만에 하나 그럴 일은 없겠지만 내가 영주 자리를 박탈당한 다 치자.

그렇게 되면 캐릭에 부여한 영주 포인트는 그냥 없어져 버린다, 신기루처럼.

데스 로드와 정령의 수호자에게서 수백 포인트가 일시에 빠져나간다면, 타이틀만 그럴듯한 바보가 되는 것이다.

그것은 영주 포인트를 수여받은 가신들도 마찬가지다.

그렇다. 결국 영주 포인트는 신기루 포인트인 것이다.

영주 포인트. 영주인 유저로 하여금 같은 유저를 상대로 봉건 시대에 걸맞은 군신 관계를 맺게 하는 장치일 뿐이다.

그 때문에 길드장이 영주인 경우, 그 위세와 횡포가 이루 말할 수 없다.

실제 뒷돈을 받고 영주 포인트를 부여하고 있는 상황이 많은데 1포인트당 3만 원에서 5만 원 정도로 가격이 책정되어져 있다. 즉, 영주 레벨이 1 오르면 영주인 유저는 앉아서 3백만 원에서 5백만 원을 버는 셈.

1포인트만 있으면 특정 아이템을 착용할 수 있다든지 특정 스킬을 배울 수 있다는 상황이라면 이런 거래를 이용할 수밖에 없다.

고렙에게는 이 1포인트가 목숨과도 같다.

나처럼 가신들에게 100포인트씩 부여하는 영주는 전 E&T를 통틀어 없다. 그나마 이 경제 개념 부재를 가신들이 나름의 봉사와 아이템을 밀어주는 식으로 보답해 주어 그저 감사할 따름이다.

바로 바람없는 감사의 인간관계이리라.

그렇게 계산하지 않은 비계산적인 인간관계가 구축되었다.

그것이 바로 일단 등이 나를 열렬히 지지할 수밖에 없는 이유가 아닐까.

어쨌든 스탯 포인트로 맺어진 인간관계란 게 얼마나 허무한 시스템인가.

각 캐릭터에게 부여한 영주 포인트는 유저 간 10레벨의 격차를 무시할 수 있는 장치가 될 수 있다. 하나 그 간격이 20레벨이라면 사정은 달라진다.

E&T도 기본적으로 레벨 시스템에 기반을 두고 있다. 레벨 차이에서 들어오는 데미지가 막강하다는 말이다. 상대의 레벨이 월등하다면 수백 포인트를 특정 스탯에 축적한 것의 의미는 약해질 수밖에 없다.

캐릭 본연의 레벨업과 이에 따른 포인트 축척과 스킬 발굴에 힘쓴 캐릭이 무적일 수밖에 없는 것이다.

영주 포인트를 전혀 부여받지 않은 매서커가 그 증거.

영주 포인트는 캐릭 자체의 레벨업을 위한 보조 수단으로 보아야 한다.

당연히 주(主)가 캐릭의 레벨업이지 영주 레벨의 성장은 객(客)일 수밖에 없다.

말은 길었지만 그럼 결론은… Only One!

닥치고 레벨업!

닥업이다.

이에 매서커 캐릭이 14레벨업을 쟁취한 것이니 최소 14개월이라는 시간을 번 셈이다, 단 하루에.

*   *   *

"이제야 잦아드는군."

외성 거주구는 다음날 늦은 새벽까지 타올랐다.

작전명 '화약고 옆 불장난'의 결과였다.

그 결과, 바미안의 모든 사람들이 기쁨으로 활활 타오를 수 있었다. 나 역시.

가상에서 밤새도록 잔을 기울이고 수백 번의 건배를 영지민들과 함께했다.

바미안에 비축된 모든 술통을 동내 버렸다.

애, 어른 가리지 않고 마셔댔다.

종국엔 일단님이 실험용으로 준비한 알콜까지 전부.

광장에 정령의 둥지를 소환해 영지민들과 함께 춤을 추고 즐겼다.

수천 번의 환성과 환호가 터지고 바미안 만세가 외쳐졌다.

무수한 축하 메시지가 올라왔지만 나는 확인하지 않았다. 그렇게 한밤의 축제를 만끽했다.

모두가 함께하는⋯ 최고였다.

그리고 아침이 되었다.

내성 광장과 시가지 곳곳에 유저와 영지민들이 밤새 어울려 마신 술병과 술통들이 어지럽게 흩어져 있었고, 몇몇 동아리는 여전히 흥청망청 뒤풀이 중이다.

반면 지금 내성 벽에서 내려다본 외성 거주구의 모습은 처참했다.

수천 가구가 뒤엉겨 있던 거주지는 흔적없이 사라지고 옅은 주황색 잔불만이 재 속에서 일렁거렸다.

쐐아아아아아—

작은 돌개바람이 불어 회색빛 재와 남은 불씨를 하늘 높이 감아 올렸다.

영지민들에겐 망연자실할 그림임에도 모두들 예외없이 활짝 웃고 있다.

그들에게 탑재된 인공지능의 최우선 과제는 그 자신의 생존, 그리고 그와 연결된 이웃들의 안전이기에.

'이제부터 시작이다!'

그렇다. 영지민들에게는 미안하지만 외성 시가지를 이제야 내 입맛대로 만들 수 있게 된 것이다.

그때 멀리서 마법 섬광에 이어 몬스터가 지르는 비명 소리가 울려 퍼졌다.

콰광—!

쿠어어어억—

부지런한 유저들이 폐허 더미를 누비며 골골거리는 트롤들을 사냥하고 있는 것이었다.

그들에겐 그럴 권리가 있다. 바미안 방어전에 어떤 목적을 가지고 참가했는지는 이젠 의미없다.

"영주님, 도시 간 이동 게이트의 개방에 대한 조치를 풀어 달라는 유저들의 질의가 쇄도하고 있습니다."

"안 돼! 그대로 조건부로 유지."

다 같을 수가 없다. 그렇잖은가.

방어전을 참가하지 않은 유저들의 유입을 나는 원천 봉쇄해 놓은 상태다.

외성 벽에 대기 중인 강철 거인들은 어제의 모습 그대로 자리를 지키고 있었다.

코볼트 로드가 탐을 냈지만 그에게 챙길 수 있는 시간은 주어지지 않았다.

수만 마리가 불에 타 죽었으니 그 속에서 제 살길 찾기 바쁜 이메가 코볼트였다. 아마도 멀리 달아나지는 못했으리라.

'이놈을 족쳐? 아님 말아?' 하며 고민하는데,

뚜둥—!!

오?! 뭐지?

이 몸에게 뭐를 주고 싶은 거냐? E&T?

두둥!!

목적 외 사용 금지!

후퇴를 통해 적을 끌어들인 후 이루어진 광역 마법 발현은 기발한 전술이었습니다.

마나 엔진 출력을 통한 광역 마법 발현!

이는 E&T 세계관에 크게 위배되는 발상이 아닐 수 없습니다.

심대한 우려를 표할 수밖에 없습니다. 이에 글로벌 E&T는 마나 엔진의 목적 외 사용 금지를 긴급 발의하게 되었습니다.

이후 마나 엔진의 출력을 다른 용도로 전용 시 마력 역류가 발생하도록 설정이 조정됩니다. 즉, 마나 엔진이 타버릴 수 있습니다.

어느 정도 약간의 전용은 가능합니다. 하지만 정도를 넘어가는 마력 전용은 불가합니다. 강철 거인의 다른 기관에 대해서도 같은 원칙이 적용됩니다. 유념하십시오.

…꼭 이럴 때 초를 쳐요.

하긴 심하긴 했다. 특히 전기뱀장어 작전은 나 역시 약간 겁이 났는데, 마나 엔진이 버틴 게 용했다.

팁:당신의 유연한 발상은 대환영입니다.
강철 거인의 주요 기관의 목적 외 사용 의사가 있을 시 운영팀에 문의하십시오. 평화적 사용은 적극 협조하겠습니다.

쳇, 아침부터 병 주고 약 주는군.

나를 통해 밸런싱 작업을 해보겠다는 것이다.

좋을 대로. 운영팀 마음인즉, 엿 장수 마음이지.

…전장 정리 및 전후 조치가 시급합니다.
자신이 이룬 성과에 대한 숙지가 필요합니다.

"아차차, 멍 때리고 있을 때가 아니지."

이제 슬슬 밤새 영지민들과 어울린다고 미루어놓은 메시지 정리를 해야 했다.

급박한 전투 중에 올라와 무시할 수밖에 없었던 메시지들 말이다.

완벽한 가딩!

강철 거인을 이용한 효율적인 방어 자세입니다.

강한 상대를 상대로 주요 기관을 완벽하게 보호했습니다.

기동 스킬로 등록을 권합니다.

스킬 고유의 이름을 정해주십시오.

그렇게 난타당했는데 알아주니 고맙군.

"기동 스킬 등록, 철벽!"

기동 스킬 철벽이 등록되었습니다.

이 방어 스킬에 대해선 그다지 인정하는 분위기가 아니군.

하긴 누구나 흉내 낼 수 있는 자세니까.

놀라운 연속 타격!

다리의 축을 이용한 놀라운 차기입니다.

강철 거인의 관절에 무리를 주지 않는 완벽한 난이도 높은 기동에,

가격당한 적에게도 심대한 타격을 입혔습니다.

기동 스킬 등록을 권합니다.

스킬 고유 이름을 정해주십시오.

로우, 미들, 하이로 이어지는 발차기를 뭐라 불러야 멋지게

들릴까?!

땅에 누워 하늘을 보았겠지?

천. 지. 인… 좋군!

"스킬 등록, 천지인."

강력한 연속 발차기 천지인이 등록되었습니다.

*　　　*　　　*

자, 그럼 아이템으론 무엇을 떨궜을까나?

과감하게 오우거 사천왕이 떨군 아이템은 생략하자, 입 아
프니까.

엔딩 보스가 무엇을 떨구었는지가 중요하지, 암.

동료들도 가까이 다가와 기대감 넘치는 표정을 고스란히
드러내며 어물전에 모인 고양이마냥 초롱초롱한 눈으로 나를
바라보고 있다.

어허, 그런 눈으로 보아도 밀어줄 수 없다니까요?!

'암, 밀어줄 게 따로 있지.'

그 순간 미요가 주먹을 불끈 쥐고 하늘 향해 뻗으며 높고
달콤한 목소리로 외쳤다.

"보여달라! 보여달라! 보여달라!"

미요의 선창을 따라 동료들이 웃는 얼굴로 한목소리로 외

처 댔다.

"아이템 보기를 열어달라! 달라! 달라! 달라!"

명품 아이템에 대한 열혈 갤러리 근성이 발동된 것이리라.

보여만 달란다. 엔딩 보스를 잡은 게 죄라면 죄인가.

하지만 동료들에게 신뢰받고 있다는 기분에 왠지 우쭐한 마음이 생겼다.

모두가 나를 신뢰하는 사람들이다.

나를 보호하는 투명한 보호막이 두툼하게 드리워지는 듯 가슴이 포근해졌다.

나는 교주 같은 엄숙한 표정을 지으며 두 손을 우아하게 들어 가여운 백성들의 갈망을 잠재웠다.

"너희들의 뜻이 나에게 닿았도다. 아이템 보기를 허(許)하노라."

"오오—"

두 영감이 두 손을 모으고 내 곁에 바싹 붙었다. 미요와 잠시간 자리다툼.

나는 심호흡을 해 숨을 깊이 들이켜고는 인벤에 든 짙은 황녹색으로 빛나는 아이템에 집중했다.

바로 오우거 로드의 벨트였다.

벨트의 표면에는 한글을 형이상학적으로 표현한 문양이 음각되어 있었다. 문양의 패턴은 정신을 집중하면 무슨 말인지 읽을 수 있을 것도 같다.

아무튼 동료들이 동시에 발을 구르며 입으로 효과음을 만들어내며 분위기를 고조시켰다.

두구두구두구두구두구둥—!

Item

타르타로스 챔피언 벨트.

파편 무구.

권위의 상징으로, 무기가 아님. 레벨, 스텟 제한 없음.

공격력:없음.　　　　내구도:무한.

타르타로스 챔피언 벨트는 처음부터 파편 무구 '타르타로스 검'의 수용체로 만들어졌다.

동료들의 탄성이 길게 터졌다.

"또 하나의 파편 무구다!"

어허, 다 같은 파편 무구라도 스펙 나름입니다. 어디 한번 볼까나.

벨트는 무기 사용 불가 파편 무구이다.

챔피언 벨트로 한정 착용 시:

보너스 스텟 포인트 36 부여, CEN 포인트 18 증가.

(스텟 증가분은 미리 설정할 것)

스킬 포인트 12 부여.

3퍼센트의 물리 방어력 증가와 2퍼센트의 물리 공격력 증가를 가져다준다.

소유자의 현재 인벤토리 칸 수가 각 인벤토리당 세로 3칸, 가로 6칸씩 늘어난다.

파티 참여 시:

전체 파티원에게 보너스 스텟 포인트 1마, LEN 포인트 2 증가.

(스텟 증가분은 미리 설정할 것)

전체 파티원에게 스킬 포인트 2 부여.

전체 파티원에게 8퍼센트의 물리 방어력 증가와 4퍼센트의 물리 공격력 증가를 가져다준다.

효력이 미치는 파티 인원수엔 제한이 없지만 무구를 중심으로 반경 100미터 안까지 영향력이 미친다.

근접 밀리터리 캐릭의 오러 발현이 6퍼센트 빨라진다.

전체 파티원의 현재 인벤토리 칸 수가 각 인벤토리당 세로 1칸, 가로 2칸씩 늘여준다. 이는 효력 반경 제한을 받지 않는다.

"스펙 작살이다!"

"…움직이는 창고잖아. 오옷, 이미 칸 수가 늘어났어."

역시 파편 무구다운 스펙.

나는 이미 타르타로스 검을 가지고 있다. 제일 처음 획득한 파편 무구.

절로 허리에 감긴 타르타로스 검에 손이 가며 힘이 들어갔다.

타르타로스 검에서 은은한 빛이 터져 나오며 인벤토리 안의 벨트에 스며들었다.

후우웅—!

Item

짝을 찾은 최초의 파편 무구.

셋트 효과 발동!

타르타로스 검을 수용 시:

보너스 스텟 포인트 36+12 부여.

CEN 포인트 18+6 증가, 스텟 증가분은 미리 설정할 것.

스킬 포인트 12+4 부여.

2+1퍼센트의 물리 방어력 증가와 2+1퍼센트의 물리 공격력 증가를 가져다준다.

파티 참여 시:

전체 파티원에게 보너스 스텟 포인트 10+2 증가.

"우린 절대 떨어질 수 없어……."

동료들의 신음이 낮게 깔렸다.

'스토커 대량 양산이로고.'

이제 다음부터는 살림에 관련된 사항들이다.

소켓을 3개나 안전하게 뚫을 수 있게 되었다.

제련 중독자들이 좋아 죽겠군.

…나야 돈 벌어 더 좋고.

오옷—!! 인벤토리 제련… 이건 대박이다!

그것도 슈퍼, 울프라, 캡숑, 짱 급!

유저라면 누구나 넓은 인벤토리를 원한다.

현재 E&T는 인벤토리 칸을 뚫을 때마다 수수료를 받고 있다. 인벤토리 확장은 E&T의 유력한 수익원 중 하나.

그런데 일개 유저인 내가 행할 수 있게 된 것이다.

아니나 다를까,

"선착순 1번, 미요! 보석 상자 전부 레어 급으로 만들어보장~"

"2번 헉스! 비좁은 공구 상자가 이참에 숨통이 트이겠어."

"크으, 헉스 영감에게 뒤지다니… 3번 일단! 이 몸, 시료 보관함의 확장이 절실하외다."

"나도!"

"나도—!!"

잠시간의 줄서기.

'공짜 좋은 줄은 알아 가지고. 예예, 알아서 모시겠습니다.'

4. 벨트의 표면엔 이공간(異空間) 봉인 마법진의 비법이 음각되어 있다. 이는 소유자 본인에게만 보인다.
이 봉인 마법진이 새겨진 매개체를 통해 거대한 물체를 봉인할 수 있으며, 필요 시 소환이 가능하다.

순간, 덥석!

일단이 다리를 붙들며 매달렸다. 나를 바라보는 눈은 광기가 느껴질 정도로 뜨겁다.

"오옷, 이공간 마법진의 비밀! 이것이야말로 바로 Part 2의 핵심이 아니고 무엇이랴. 지오님, 제게 이 비밀을 연구할 기회를!"

일단님, 그럼 제가 연구할까요? 당연한 말씀을.

"…제 눈을 빌려드리지요."

"감사, 감사. 이 일단, 감격했습니다. 흑흑."

오버하신다.

내가 행하고 있지만 전혀 동의할 수 없는 감격이다.

마법진 연구의 양보는 절대 내 머리가 나빠서가 아니다. 가상 덕후의 세계에도 전문가 급 영역이라는 게 있다.

나에게 마법진의 이해 부분은 도저히 몰입할 수 없는 영역으로, 이는 가상 단말기의 핵심인 감성 엔진에 전공자에 준하는 조예가 있어야만 한다. 클래스 간의 균형을 위해 이 정도의 진입 장벽은 타당하지 않을까 싶다.

덥석!

헉스가 다리를 붙들며 매달렸다. 일단과 마찬가지로 눈은 광기로 번들거렸다.

알았다고요?! 바지 내려가잖아요.

무슨 말이 필요한가?

나는 헉스를 내려다보며 고개를 끄덕이는 것으로 답을 주었다.

헉스가 하늘 향해 두 팔을 뻗으며 외쳤다.

"올레—!"

그렇게 좋을까?

아무튼 한 사람은 이공간 마법진을, 다른 한 사람은 복원 금속을 연구하느라 바쁠 것이다. 그리고 그 성과와 성과물은 다시 내게로.

　…그런 거지.

　그 이하 문구는 다른 파편 무구와 마찬가지로 그 내용이 그 내용이었다.

타르타로스 계열 던전 입장 시 5퍼센트 할인받을 수 있습니다.

벨트에 박힌 '타르타로스의 파편' 속엔 거대한 무언가가 봉인되어 있으며, 봉인을 푸는 방법은 파편들이 모여야 밝혀집니다. 당신에게 파편이 모여들고 있습니다.

단, 소유 캐릭이 죽을 시 제일 먼저 떨어집니다.

　이렇게 끝인 줄 알았는데 그게 다가 아니었다. 그 뒤로 어스름하게 새로운 문구가 생겨났다.

…타르타로스의 검, 타르타로스의 벨트, 타르타로스의 채찍. 당신은 이로써 세 개의 파편 무구를 모았습니다.

당신은 전 세계 E&T를 통틀어 '파편 주자(破片 走者)'로서의 최소 조건을 충족했습니다.

　…파편의 주자? 이건 또 뭐지?

　은근히 경쟁을 유도하는 문구 아닌가.

　아니나 다를까,

아이템 창이 사라지고 장중한 음성이 귀가에 울렸다.

> **보다 넓은 세계로의 초대.**
>
> 지금과 비교할 수 없는 스케일이 당신을 기다립니다.
>
> 한국 E&T에선 당신이 최초입니다.
>
> 파편 주자로서 전 세계에 흩어진 '파편 주자(破片 走者)'와 경쟁하시겠습니까? 한국 E&T는 당신의 선전을 위해 최선을 다해 지원할 준비가 되었습니다.

완벽한 떡밥 멘트!

내가 붕어냐? 이제 난 더 이상 소싯적의 지오가 아니다. 고생은 할 만큼 했다.

준다고 덥석 물 지오가 아니거든.

"단호히 거부한다!"

……

Act 01
고생문

機甲戰記
Massacre
기갑전기 매서커

3분처럼 느껴지는 3초간의 정적.

하늘에선 빛 덩어리가 내려오다 만 상태로 장중한 빛을 허공에 뿌리며 출렁댔다. 당연히 내가 넙죽 받아먹을 줄 알았나 보다.

'무하하하! 변태 E&T, 이제 어쩔 테냐?'

그렇게 통쾌감을 마음껏 만끽하는데… 뭐지, 이 싸한 느낌은?

사삭, 동료들이 나를 둥글게 둘러쌌다.

그중에는 냉정한 골든 보이부터 나름 열렬한 지지자인 작은곰이도 포함되어 있다.

나를 향한 이들의 눈이 사납게 불타고 있는 것이, 네임드 보스 몬스터의 최후를 노리는 헌터들의 눈을 연상시켰다.

그리고 동시에 외쳐 댔다.

"번복하라! 번복하라! 번복하라!"

"번복하길 바랍니다."

나는 고개를 돌려 외면했다. 들어줄 게 따로 있지.

'나도 좀 살자.'

고개를 돌린 곳엔 댕글한 미요의 커다란 눈이 자리 잡고 있다. 고개를 다른 편으로 돌려도 자석처럼 따라온다. 서로의 코끝이 붙을 둥 말 둥한 거리까지 접근해 왔다.

…역시 강적.

미요에게 눈으로 물었다, '왜?' 라고.

"방금 파티 퀘스트가 떨어졌당, '파편 주자의 결심을 돌려라' 라는."

고양이 어투로 변한 미요의 답이었다.

그녀가 고양이 어투를 쓴다 함은 지극히 공적인 일을 처리할 때뿐.

"내가 큰마음 먹었당. 사라진 지오에 대해선 당분간 추궁하지 않을 테니… 번복해랑."

"도대체 퀘스트 보상이 뭐길래?"

"묻지 마랑, 다친당."

"……"

눈에서 뜨거운 진심이 느껴졌다.

비겁한 E&T 같으니라고. 주변 친인들을 동원하다니.

달아나기는 이미 늦었다. 일단과 헉스는 이미 내 두 다리에 매달려 있기까지.

"으흐흐, 나는 지오님 다리가 제일 좋소이다. 사태가 사태인지라."

"거참, 이 나이에 하루에 두 번씩이나 이런 일이 생길 줄이야… 민망하구만."

지금은 고집을 부릴 때.

나는 입을 굳게 다물었다. 속이 울렁거려도 참았다.

더 이상 고생문을 열기 싫다. 나도 그저 평범한 유저로서 지내고 싶다.

"어허, 지오님. 지오님은 창창 젊으신 분. 아직은 달릴 때이외다. 배우고 싶으셨죠?"

"……?"

"가르쳐 드리리다. 비장의 아이템 제조법! 공포의 단검 제조법을 가르쳐 드릴 터이니……."

헉스의 회유였다.

제길, 한창 아이템 제조에 몰입한 지오가 떠올랐다.

"우리의 자랑, 지오님. 강철 거인에게 새로운 마법 방어진을 이식해 드리겠소이다. 마력 효율이 대단할 것임을 장담합니다. 당연히 새로운 방어진은 애제자인 메이지 지오에게 전수할 것입니다."

일단의 솔깃한 제안이었다.

한창 마법진 해석에 재미를 붙인 메이지 지오가 떠올랐다.

"흠흠, 바바리안의 도끼 투척술을 전수해 드리겠습니다. 지오님이라면 강철 거인에게도 적용 가능하리라 생각합니다."

당신마저… 골든 보이였다.

그러나 탐나는 스킬!

골든 보이의 도끼들은 마치 부메랑처럼 공간을 휘젓고 주인에게 돌아온다. 그렇다, 아이템 회수가 되는 스킬이다.

골든 보이… 나의 가려운 곳을 박박 긁어대다니.

아, 갈등 때린다.

그러나 그 어떠한 회유에도 굴하지 않으리.

"흥흥, 바람둥이! 나가 죽어버려!!"

냉정을 찾게 만드는 미요의 과격한 외침.

그러면서 미요는 진녹색 검신의 단검을 빼 들더니 손톱을 다듬기 시작했다. 검이 닿은 손톱은 금세 불길한 녹색으로 물들었다.

"얼굴에 오선지를 그려주마! 이것이 바로 한 달간 절대 지워지지 않을 바람둥이의 낙인!"

허엇, 바람둥이 낙인.

당연히 굴하고 싶지 않은 협박이다. 하나 양심은 쬐금 아린다.

그러나 어떠한 협박에도 굴하지 않으리.

강하다, 지오! 장하다, 지오!

나 스스로에게 특대의 격려를 보냈다.

그렇게 나를 둘러싼 공간에선 회유와 뇌물 공여, 협박(?)이 소용돌이쳤지만 철벽같이 버텨냈다.

부려먹으려면 그럴듯한 떡밥이라도 던져 주든지.

아니나 다를까,

파편 주자의 특권!

1. 타 E&T에서 획득한 아이템의 이전이 허용됩니다.

(방문한 타 E&T국의 이공간 창고 서비스와 은행 서비스를 해당국 유저와 같은 조건으로 이용 가능합니다.)

오옷, 마음에 든다.

타국의 특산품을 옮길 수 있다는 말이니까. 결정적으로 환차익도 노려볼 수 있다.

국가 간 이동 시 마일리지 적립은 되려나?

안 되면 말고.

그 이상의 특권을 알려면 파편 주자 타이틀을 받아들이셔야 합니다.

'크으, 그 뒤가 궁금해. 더 이상 버티기 힘들어…….'

파편 주자라… 솔직히 궁금하지 않다면 거짓말이지.

당연히 이어지는 구세주 같은 멘트 한줄기.

　…파편 주자로서 전 세계에 흩어진 '파편 주자(破片 走者)'와 경쟁
하시겠습니까?

"…예."

슈와앗─!!

그 순간 기다렸다는 듯이 나를 향해 찬란한 빛기둥이 떨어
져 내렸다. 이 무지개 빛기둥은 투명한 빛의 구체로 화해 나
를 휘감아 들어 올렸다.

나를 둘러싼 동료들을 빛의 막이 밖으로 밀어냈다.

"역시, 대담하신 지오님이외다. 장하외다!"

"오옷! 저건 뭐다냐?"

"지오에게 대단한 건수가 발생하려 한다."

"추카, 추카─ 역시 대단해용~"

동료들이 부러움의 탄성을 지르며 호응해 주었지만, 눈들
은 부러움보다는 만족으로 활짝 웃고 있다.

너의 선택은 우리의 건수라는 느낌.

'이봐요, 그게 나를 팔아먹고 할 소리야. 전혀 진심으로 느
껴지지 않는다고! 크으, 그리고 나를 들어 올리지만 이 뜨뜨

미지근한 느낌! 나를 편하게 놔둘 수 없다는 고약한 심보가 느껴져.'

후우우우우우우우웅—!

뜨헉, 그럼 그렇지.

이는 나보고 전 세계적으로 싸우라는 말이잖은가.

'죽었다.'

뭐? 이걸로 대한민국 탈출을 성공한 셈 치라고?

보세요?! 나 갑자기 대한민국이 좋아졌다고, 그것도 무지.

···진짜라니까.

절대로 외국에 나가고 싶은 생각 없거든?!

파편 주자의 특권.

1. ······.

2. 타 E&T 방문 시 보유한 파편 무구 수만큼의 동반 방문이 가능합니다.

(현재 동반 가능 파티원의 수는 당신을 제외한 세 명입니다.)

이 지오님 덕에 해외여행을 공짜로 할 수 있다는 말.

'큰곰이는 절대 데려가지 않을 테야.'

전 세계적으로 껄떡대는 꼴을 어떻게 본단 말인가.

---

3. 파편 주자끼리는 서로를 알아볼 수 있으며 마주친 파편 주자는 반드시 처단해야 합니다.

(파편 주자 간에는 전투 불가능 도심 지역에서의 교전이 허락됩니다.)

무슨 원수졌다고?

왜 싸워야 하는지 이유나 그럴듯하게 붙여주면 어디 덧나?

> **4. 파편 주자 간엔 '스탯 약탈'이 허용됩니다.**
> (타 파편 주자의 처단 시, 처단당한 파편 주자의 스탯 중 특정 스탯을 지정 44%까지 가져올 수 있습니다.)

스탯 약탈이라… 살벌하군.

> **5. 파편 주자 간엔 '스킬 약탈'이 허용됩니다.**
> (타 파편 주자의 처단 시, 처단당한 파편 주자의 스킬 포인트 44%를 취합니다.)

스킬 포인트까지… 이로써 완벽한 떡밥의 완성이다.

최소 세 개 이상의 파편 무구에, 상대 능력의 50%를 뺏을 수 있다!

이 정도 보상이라면 패한 파편 주자는 E&T상에서 지워질 수밖에 없다.

'E&T는 캐릭 소모 게임임이 틀림없어.'

> **6. 파편 주자를 처단하고 획득한 파편 무구 중 본인이 보유 중인 무구와 같은 무구가 있을 시 무구 간의 합체가 이루어지며, 그 성능은 18% 향상됩니다.**

아이템 합체를 통한 아이템의 성장이라… 아예 없던 개념
은 아니지만, 그렇지 않아도 파편 무구가 사기 아이템이라고
지탄받고 있는데 아주 불을 지르는 셈이다.

파편 주자가 파편 주자를 사냥할수록 파편 무구 세트를 빨
리 조합할 확률이 늘어날 뿐 아니라 파편 무구 자체의 성장도
꾀할 수 있다.

이후 다양한 특권이 나열되었지만 이는 특권이라기보단
파편 주자 간의 경쟁을 부채질하는 내용들이 숨겨져 있을 뿐
이었다.

그렇다. 월드 클래스 급 인간 사냥꾼의 표적이 되고 말았음
이라.

하나 문제는 심각한 나를 중심으로 주변이 완벽한 축제 분
위기라는 것이었으니.

"아싸—! 포인트 팍팍 들어온다."

아우, 얄미운 큰곰이.

'큰곰이… 주거써—'

*   *   *

갑자기 우화 하나가 생각난다.

어떤 외딴 시골집에 밤늦게 문을 두드리는 이가 있었다.

마음씨 고운 주인이 맞으니 웬 아름다운 여인이었다.

그녀는 자신을 행운의 여신이라 소개했다.

내게 행운의 여신이 찾아오다니!

주인이 기꺼운 마음으로 집으로 행운의 여신을 들이려 했다.

그런데 행운의 여신의 뒤로 추한 노파가 따라 들어오는 게 아닌가?!

주인은 당신은 누구냐며 추한 노파를 가로막아 섰다.

그러자 노파는 자신은 불행의 여신이라고 소개하는 것이 아닌가.

주인은 당연히 노파를 집 안으로 들일 수 없었다.

어떻게 불행을 집 안으로 들인단 말이냐.

주인이 불행의 여신을 집 안으로 들이려 하지 않자 행운의 여신이 나섰다.

"우리는 자매입니다. 우리는 어딜 가든지 같이 다닙니다. 동생을 받아들일 수 없으면 저도 이곳에 머물 수 없답니다."

집 주인은 길게 고민하지 않았다.

행운의 여신을 집에서 내보냈다.

대충 그런 내용이다. 내가 느낀 교훈은… 솔직히 없다.

단지 행운과 불행의 여신이 자매라는 사실이다.

그 둘은 절대 떨어지지 않으며 늘, 항상 같이 붙어다닌다는 것.

그게 중요하다.

나의 극적인 행운 뒤에는 항상 불행의 여신이 짓는 질투의 미소가 뒤따르고 있지 않은가.

나 같은 명백한 증거가 이 지구상에 또 있으랴.

그것도 가상의 삶에서까지.

뭐?! 파편 주자? 웃기고 있네.

뻔한 거다. 이는 슈퍼 클래스를 다른 슈퍼 클래스로 견제하는 식으로 게임 균형을 맞추려는 개발사의 꼼수가 아니고 무엇이랴.

유저를 유저로 견제한다. 바로 막장 발란스의 기본.

게임 균형을 맞추다 못해 다른 나라의 슈퍼 유저까지 끌어들이다니. 아무튼 내가 바라는 것은 '베리 험블' 하시다.

행운의 여신이 짓는 미소의 여운을 조금이라도 길게 느껴볼 수 있도록 해달라는 것이다.

Part 2로 이행하고 채 한 시간도 지나지 않았는데 월드 클래스 악당들을 상대로 한 드잡이질에 내몰다니.

상황이 이러니 나름의 눈 돌아가는 특권임에도 지극히 무심한 표정을 지을 수밖에 없다.

이도 웃고 싶은데 억제하는 모습으로 비쳤음인가.

큰곰이가 부러운 느낌을 가득 담아 앙탈을 부렸다.

"부러워, 부러워, 너무 부러워― 또 뭘 먹은 거야? 맹렬하

게 질투할 거야―!'

남의 속도 모르고… 하늘을 향한 마왕의 웃음이 절로 터져 나왔다.

"무하하하하하하하하하핫―!'

그래, 이 순간 좋아서 미치겠다.

그래, E&T는 변태다.

그래, 이 지오님의 맹렬한 불행에 축배를.

그래, 월드 클래스 행운을 상대로 내 불행이 얼마나 강한지 증명해 주마.

그래, 너도 원하는 게 그거지?

불행의 여신은 가상에서조차 나를 잊지 못하신다, 너무도 뜨겁게.

Act 02
트라우마

機甲戰記
Massacre
기갑전기 매서커

　우리들만의 화끈한 뒤풀이를 하고… 집에 들어온 시각은 새벽 5시였다.

　온몸이 젤리처럼 흐물흐물, 연신 터져 나오는 하품.

　"후아암~ 이제부터 늘어지게 밀린 잠 좀 자볼까낭~"

　한국 E&T가 Part 2로 이전함에 따라 버전 업 패치를 위해 5일간의 서버 점검에 들어갔다. 이 버전 업 패치는 바미안 영지에 한정된 패치로, 5일간 나를 포함한 어느 누구도 바미안 영지에서 플레이를 할 수 없음이라.

　공식적인 휴가!

　안도감이 가득 담긴 달콤한 피로감이 몰려들었고, 금전적인 포만감으로 온몸이 나른하다.

당연히 하늘 정원에 고립된 다크 지오는 안전한 장소(?)에 숨겨놓았다. 은발의 차가운 피가 흐르는 악당들에게 발각되어 피가 빨려도… 미련없다.

현실의 산 사람부터 살고 봐야지, 암.

공지로는 5일간 점검이지만 중국, 일본이 11일간 서버 점검 기간을 가진 것을 감안하면 최소 8일은 더 서버 점검 기간이 필요할 터이다.

…패치 노하우가 쌓여 하루 만에 끝날 수도 있고.

하나 이 지오님이 하루 종일 늘어지게 잘 수 있다는 사실엔 변함없음이라.

여유와 한가함이 가득 배인 공기만 가려내 들이켰다.

이제 그래도 된다.

Don't Touche Me!

*　　　　*　　　　*

이곳은 놀이동산. 댕글한 존경의 눈망울로 나를 올려다보는 두 동생에게 나름 위엄있게 말했다.

"지은이, 지혜. 여기서 얌전히 기다려. 아이스크림 사 올게."

아이스크림이란 말에 두 동생은 두 눈이 초롱초롱해지며 빈 벤치에 냉큼 올라앉았다.

"와! 아이스크림이다— 나는 딸기 맛 아이스크림!"

지은이가 들떠서 외쳤다.

"…난, 그냥 오빠랑 같은 맛으로 할래."

지혜였다. 그러자,

"그럼 나도 오빠랑 같은 맛으로."

들뜬 지은이가 주문을 정정했다.

"좋아, 기다려."

나는 그런 두 여동생에게 손을 흔들어 보이곤 아이스크림 매대로 향했다. 돌아선 나는 의미심장한 미소를 지었다.

드디어 지긋지긋한 동생들을 떼어놓았다!

자유다!!

여동생들 몰래 가볼 곳이 있었다.

바로 놀이동산에 새로 설치된 '가상 체험장' 이었다.

이제 막 상용화 직전인 가상 단말기를 일반인에게 무료로 체험케 하는 이벤트가 열리는 장소.

가상 체험장 앞으로 사람들로 줄이 길게 이어져 있었지만 빠르게 줄어들고 있었다.

'좋아, 30분이면 충분하겠어.'

내 차례가 되었다.

화려한 제복 차림의 진행 요원이 내 앞을 가로막아 섰다.

"15세 이상만 체험할 수 있습니다."

"다음 달에 15세가 됩니다. 제가 키가 좀 작아요."

물론 거짓말이다. 10살치곤 키가 클 뿐이다.

문제의 진행 요원은 자신에겐 그런 거짓말은 안 통한다는 듯이 손가락을 좌우로 왔다 갔다 흔들었다.

풀이 죽어 돌아서려는데,

"흐음, 통과!"

그가 비켜섰다. 가상 체험장의 문이 활짝 열린 채 화려한 빛을 흘리며 나를 반기고 있었다.

영문을 몰라 그를 쳐다보니 그는 장난스럽게 윙크를 건넨 후 다음 상대에게로 고개를 돌릴 뿐이다.

"고객 여러분, 체험 시간은 30분입니다. 다음 분을 위해 시간을 꼭 지켜주십시오."

빠르게 형식적인 말을 차례를 기다리는 이들에게 외쳐 댔다.

'아싸—! 10분이나 기다렸는데 보람이 있어. 이건 분명 동생들을 열심히 돌본 착한 지오에게 주신 하느님의 선물이야.'

나는 가상 체험장 내에서 흘러나오는 황홀한 빛을 따라 걸었고, 곧 낯선 기기인 가상 단말기에 접속해 가상 세계에 빠져들었다. 정신없이.

새로운 세계가 펼쳐졌다.

당연히 제한 시간 30분을 지키지 않았다. 나가는 척하다 다른 기기로 옮겨 타는 식으로 가상 세계로의 모험을 탐닉

했다.

한 번 더, 한 번만 더…….

그리고 어느 순간 완전 몰입해 시간을 잊어버렸다.

가상 세계가 제공하는 환상에 흠뻑 빠지고 말았다.

시간이 얼마나 지났을까. 그리 길게 느껴지진 않았다.

나는 가상 단말기에서 강제로 끌어내어지고 나서야 정신을 차릴 수 있었다.

제복 차림의 진행 요원이 걱정 어린 눈으로 나를 내려다보고 있었다. 나를 들여보내 준 바로 그 진행 요원이었다.

"얘, 괜찮니? 어지럽진 않고? 세상에! 네 시간이나 하다니… 너 정말 징하다."

"…네, 네 시간요?"

"그래, 네 시간이라고. 그 정도 시간이라면 성인인 나도 지쳐서 나가떨어져. 아직 불안정하단 말야. 설마 했는데, 너라는 애는 도대체…….."

"…큰일 났다!"

나는 그를 밀치고 허겁지겁 뛰쳐나갔다.

그가 다급하게 나를 불러 세웠지만 도저히 지체할 수 없었다.

가상 게임에 빠져 동생들을 유기하다니…….

머릿속이 깜깜했다.

어느새 놀이공원은 어둠에 빠져 있었다. 오가는 사람들은 가족 단위에서 야간 데이트를 즐기는 연인들로 바뀌어 있었다.

저 멀리 어슴프레한 조명 아래에 작은 윤곽이 보였다.

동생들은 내가 떠난 그때 그 자리에 그대로 있었다.

지혜가 지은이를 꼭 안고 있었다.

정면으로 향한 지은이가 나의 등장을 먼저 알아챘다.

지혜를 밀치고 내게 후다닥 달려왔다.

"…아이스크림은? 오빠가 다 먹었구나? 오빠, 돼지! 바보!! 욕심쟁이!!"

지은이의 주먹이 내 가슴을 마구 두들겨 댔다.

뒤늦게 지혜가 지친 걸음으로 다가왔다.

아무 말 없는 지혜의 두 눈에서 맑은 물줄기가 흘러내리고 있었다.

지혜가 훌쩍 큰 어른처럼 느껴졌다.

여동생 앞에 납작 엎드린… 지오가 탄생한 것이었다.

*   *   *

앗! 4시간이나 동생들을 방치하다니…….

쾅쾅쾅—!!

문을 걷어차는 소음이 가슴을 울리며 악몽 모드에서 즐거이 강퇴당했다.

망할 시스터 트라우마!

경사스러운 날에 이딴 꿈이나 꾸고.

"헉헉."

몇 번인가 벨소리가 울리는 듯해도 비몽사몽간이라 무시했었는데 방문자는 이를 참지 못하고 자신의 존재를 거칠게 드러내고 있다.

'으으, 악몽이라도 나에겐 더 많은 나태가 필요해……. 대체 누구야?'

이다지도 무례하게 자신의 방문을 통보할 수 있는 이는…….

"음!"

안테나에 딱 한 명 걸렸다.

아니나 다를까,

"문 열어! 문 열라고!! 바부팅아!!"

역시… 우리 집안의 막가파 삥자 지은이다.

후다닥 일어나 잠자리에서 문까지 단 세 걸음 만에 주파한 나.

"…웬일이야? 어서 들어와."

"웬일이라니?! 오늘부터 삼 일간 시간 있다고 했잖아? 벌써 치매야?"

"아… 그랬지."

뒤풀이 중 한창 업된 상태에서 그런 내용으로 지은이랑 막

간의 통화가 있었다. 구체적인 내용은… 기억이 가물하다. 그나마 건성건성 긍정적인 답을 한 것은 기억난다.

여하간 누가 보기 전에 문밖의 민폐덩어리를 냉큼 집 안으로 들였다.

지은이는 달빛을 달고 들어왔다.

'망할, 새벽이잖아! 도대체 몇 시야? 넌 잠도 없냐?!'

형광 시계는 3시 50분을 밝히고 있으니 두 시간도 채 자지 못한 것이다.

내 가슴 깊은 곳에서 억울함이 용솟음치든 말든 지은이는 독신남의 살림살이를 지긋한 눈으로 훑기 시작했다.

구석구석, 요모조모 살피는 것이 마치 기숙사 사감을 연상시키기 충분하다.

'어이, 왔으면 이 오빠부터 보라고. 부스스하고 초췌한 이 모습을 봤으면 위로를 날려야 피를 나눈 여동생의 기본 마인드 아냐?!'

에효, 기대를 말자. 분명 방 안에 흐르는 돈 냄새를 맡고 있음이니.

"헹, 살림살이가 이게 뭐야? 돈 좀 번다더니?! 좀 럭셔리하게 꾸미고 살 줄 알았는데… 빌려갈 게 하나도 없잖아."

강탈할 게 없는 거겠지.

책상에 붙은 일인용 침대 하나. 그것을 제외한 광활한 여백을 보면 그렇게 느낄 수밖에 없다.

그러나 벗뜨, 벽면엔 문짝만 한 가변형 액자가 걸려 있고 3초 간격으로 걸 그룹들의 대형 홍보 포스터가 사라지고 나타나길 반복하고 있으니… 내 방엔 화려한 누님들로 한가득이라.

그런고로,

"…충분히 럭셔리하거든."

가변형 전면 액자. 작업장에서 발생한 수입으로 나를 위해 지른 1호 아이템이다. 필름 재질로 되어 있어 두루마리처럼 둘둘 말려지기까지 한다.

지금 액자의 그림은 수영복 차림을 한 열두 처자의 발랄한 장면으로 변하고 있는 중.

졸음이 달아나며 순간적인 각성 상태에 들었다.

아이돌이란 이런 것이다!

그런데,

"하―! 대놓고 껄떡질이네."

"……."

아니, 껄떡질이라니?

껄떡질… 걸 그룹 마니아들을 어느샌가 사회에선 '걸덕후'라 불렸고, 다시 혀를 빠르게 굴리다 보니 '껄떠구'가 되었다. 이들의 마니아성 소비 성향을 일명 '껄떡질'로 비하되어 불리게 되었으니… 그로 인해 순수한(?) 청년들의 마음에 깊은 상처를 주고 있는 현실이었다.

나 지금 상처 무지 받았다!

한데 지은이의 두 눈에 옅은 습기가 차오르더니 주먹을 불끈 쥐며 부들거리는 것이 아닌가.

"어쩐지 순순히 독립하더니… 오빠 이러고 살고 싶었던 게야……. 괜히 미안해했잖아."

"……."

뻥자, 네가 미안해하긴 했구나. 괜히 내가 더 미안해지는군.

아앗! 액자가 위험하다.

위기 상황에 처한 아이템에서는 마침 내가 제일 아끼는 그림이 펼쳐지고 있다.

상큼, 발랄, 우아, 큐트, 깜직, 섹시, 시크, 보이시, 쿨… 캐릭별 개성이 극대화된 올여름 최대 이슈인 제18기 원더시대의 일명 '꿀벅 화보'다.

선착순 3천 명에 한하여 다운로드로 발매된, 그야말로 그 자체로 유니크 아이템!

나는 멀티 게이머 궁극의 동화율을 발휘해 휴대용, 사용용, 과시용, 장식용, 선물용, 봉인용, 사재기용, 사재기용, 사재기용 등… 마구마구 질러주었다.

그 결과, 12회의 다운로드에 성공하시었다.

3,000회 한정 다운로드라는 '걸덕후'들 간의 무한 경쟁 지옥에서 거둔 전과.

반면 큰곰이와 작은곰이는 둘이 합쳐서 단 한 번 다운로드
에 성공했을 뿐이니… 애걸하는 큰곰이에게 짤없이 옥션가로
32만 원에 하나 팔아주었다.

내게 계좌 이체 후 좌절하는 큰곰이의 등이 아릿하게 떠올
랐다.

이것은 무엇을 말함인가? 그렇다. 순간 동화율의 폭주는
껄떡질에도 유효함이라.

무하하핫—!!

아참, 이럴 때가 아니지.

여하간 그녀들의 등장만으로 삭막한 독신마(獨身魔)의 공
간은 '발할라'가 되고 만다. 이것이 대한민국 젊은 오빠의 럭
셔리 라이프!

그러거나 말거나 지은이는 마치 일생일대의 라이벌을 보
듯이 걸 그룹의 화보를 노려보기 시작했고, 시간이 지날수
록 눈꼬리는 사납게 치켜 올라갔다. 이어지는 으스스한 독
백.

"어디서 이런 유전자를 받아 가지고 수컷들을 홀리는지.
우씨, 다리 긴 것들은 다 죽어야 돼!!"

"……."

오싹. 등골로 으스스한 냉기가 스며들었다.

'그거 카피 방지 한정 다운판 포스터야! 삭제하면 울어버
릴 테야.'

두 손 모은 비굴한 염원이 전해졌는지 지은이는 나에게로 고개를 돌리더니 한심하고 가소롭다는 듯이 바라보며 딱하다는 조로 말했다.

"…아무리 궁핍해도 현실의 여인에 관심을 가져 보라고! 스펙 되는 오빠까지 이러면 현실의 여인들만 자꾸 슬퍼지는 거야."

"으, 응."

"당분간 넘어가겠어. 오빠의 선택이지만 이런 시절이 길지 않길 바라."

"음……."

이럴 수가! 전혀 기대할 수 없던 감동 멘트가 아닌가.

이어 지은이는 나름 정중하게 용건을 말해왔다.

"당일 아르바이트가 있다고 내가 말했지? 스펙이 되기만 하면 아주 짭짤해. 게다 이건 소득 노출이 전혀 안 되는 건.수."

아이템을 지켰다는 안도도 잠시, 이내 경고등이 다시 켜졌다.

"정중히 사양할게. 왜냐면 오늘부턴 가상 박람회에 가봐야 한다고. 일당이 아무리 좋아도 며칠간은 무리야."

"그럴 줄 알았어. 당연히 문제없어! 충분히 가상 박람회를 즐기면서 할 수 있는 일이니까. 바로 가상 박람회와 관련된 일이거든."

"잉?"

"돈도 벌고 박람회도 근접해서 즐기고… 일석이조의 기회라는 것이징."

"…무슨 일인데?"

가상 박람회에 관련된 일이라니, 갑자기 마음이 '급' 동했다.

지은이가 어디서 그런 고급 일거리를 물어왔을까?

뇌 속 깊숙한 곳에서 경고 사인이 비상벨을 마구 울려댔지만 일절 무시하고 지은이의 입에 온 신경이 쏠렸다.

"일단 채용 장소에 가서 오빠 스펙부터 검증받아야 하니까, 어서 씻고 가자고."

"…스, 스펙?"

나를 머리부터 발끝까지 훑어보는 지은이의 눈이 여간 수상한 게 아니다. 마치 상품을 검수하는 엄격한 품질관리인 같다고나.

"밑져야 본전이얌. 오빠 스펙이 안 된다면 귀여운 여동생이랑 오늘 하루 박람회에서 데이트하는 거징~ 그간 미뤄온 아이템들을 마구 질러줄 테당."

"끙~"

그걸 '밑지고 완전 파산' 이라고 하거든.

아무튼 소득 노출이 안 되는 가상 박람회에서 일당 벌이라는 말에 내 몸은 자동으로 외출 준비에 들어갔다.

시간은 별빛 초롱초롱, 새벽 4시 15분.
오빠는 힘들어…….

망할 시스터 컴플렉스, 아니, 트라우마!

機甲戰記
Massacre
기갑전기 매서커

　가상 박람회에 마련된 모 기업 부스. 나는 한쪽 구석에서 수많은 진행 요원들에게 둘러싸여 신체 치수가 측정되어졌고, 그런 나를 자신이 잘 보육한 애완동물 자랑하듯이 홍보하는 지은이가 있다.

　진행 요원 중 디자이너 필이 강한 남성이 말했다.

　"흠흠, 연출 컨셉과 거의 흡사하군요."

　"그렇죠? 그렇죠?"

　지은이가 팔딱거리며 자신이 합격한 것처럼 좋아라 했다.

　이에 지은이와 나를 향해 불편한 시선들이 모아졌다.

　'거참, 짧은 시간에 많이도 모였군.'

근처엔 나와 비슷한 체형의 청년들이 흩어진 채 서로를 향해 질투 넘치는 시선을 교환하고 있었다.

그중 나를 향한 시선이 제일 적대적이다.

은근히 경쟁심을 가지게 하는 분위기가 느껴졌다.

이런 어정쩡한 분위기에 함몰되어서는 안 되는데, 그럴 수가 없는 것이 본인 자신에 대한 평가와 그 평가에 돈이 걸려 있어 그렇다.

아무튼 또래 집단들이 모여 있다는 그 자체로 경쟁심을 불러일으킨다고나 할까.

자, 우선 지금 벌어진 일을 간단하게 설명하자면, 일종의 '대타 선발 대회'라 요약할 수 있다.

오늘부터 2만여 평에 달하는 컨벤션홀에서 일주일간 가상 박람회가 열린다.

가.상.박.람.회—!

일 년에 두 번 있는 개발사와 플레이어들의 축제 기간이라 할 수 있다.

그 가운데 지은이가 관여한 가상 엔진 개발 회사의 부스가 마련되었고, 자신들이 개발한 가상 '고어' 엔진을 게임 개발사들을 상대로 선전할 예정에 있다.

굳이 과거식으로 표현하자면 소프트웨어 개발 회사라 하겠다.

참고로 이 회사는 올해 처음 참가란다.

'당신의 심장을 조여 드립니다!' 가 이 회사가 개발한 가상 엔진의 선전 문구다.

당연히 부스엔 고어틱한 분위기로 코스튬한 모델들로 그득 채워질 예정이다. 그리고 코스프레한 모델의 공개 시연으로 이어진다.

코스프레 모델 역할에 가상 플레이도 겸해서 해야 함은 물론이다.

개발사 행사팀에선 전문 모델을 섭외해 기껏 기초적인 동화율까지 올려놓았는데 그 모델께서 다른 개발사의 코스프레 모델을 하게 되었다고 일방적으로 통보해 온 것이다. 그것도 행사 하루 전에.

그를 위해서 맞춤 의상까지 준비한 상태에서 행사를 추진한 부서에 날벼락이 떨어진 셈이다.

이런 아마추어적 사고는 기업에서 진행하는 일회용 행사엔 다반사로 발생한다. 그렇기에 유수의 모델 라인과 정식 계약엔 각종 보험에 갖가지 구차한 잡무가 뒤따르고 비용도 만만치 않기에 아름드리 인맥을 활용하는 게 관행이다. 하지만 이번엔 한 달가량 호흡을 맞춰 믿어 의심치 않았는데 뒤통수를 제대로 맞은 것이다.

그래서 대타가 필요했다.

지은이를 담당하는 연구원이 행사 준비 위원 중 한 명이었고, 둘이 지금은 서로 언니동생하는 사이라 지은이는 그녀를 도와주고자 하는 마음에 스펙 근사한(?) 나를 추천한 것이다.

내가 한 이기적인 기력지가 되니까.

이런 이유로 나는 본의 아니게 대타 선발 대회에 나선 셈이
되고 말았다.

마찬가지로 나름의 인맥을 통해 스펙 되고 가상 게임에 익
숙한 인재들이 서른 명이나 몰려든 것이다.

그런데 제시한 일당이 만만치 않다. 네 시간 기준으로 12만
원!

현장 컨텍, 쌩.왕.초보 피팅 모델에겐 극상의 대우가 아닐
수 없다.

그렇게 기업 내, 아름드리 인맥 내에서 벌어진 일임에도 보
다시피 지원자로 넘치는 중이다.

지은이가 문제의 연구원 아가씨에게 나를 데려갔다.

올림머리에 따뜻한 느낌이 도는 뿔테 안경, 산뜻한 정장에
삐져나온 블라우스 자락으로 인해 세련된 오피스 걸을 흉내
내려 다 만 것 같은 20대 중반의 아가씨였다. 행사를 위해 정
장을 걸쳤지만 전형적인 고지식한 연구원 분위기를 물씬 풍
긴다고나 할까.

여하튼 그녀가 내게 가까이 다가오자, 순간 주변 수컷들의
적대적인 시선이 집중되었다.

박람회장으로 오는 동안 지은이는 그녀가 연봉이 빵빵한
정식 연구원이니 나보고 무조건 잡으란다.

가벼운 식으로 말했지만 그녀, 추 주임에 관한 정보 주입이 과할 정도였으니 오늘 일당 벌이 이벤트보단 그녀를 소개해 주고 싶은 마음이 고스란히 느껴졌다고나 할까.

그렇게 지은이가 농담을 가장해 강권할 때마다 이렇게 대응했다.

'현실의 여인은 더 이상 나를 설레게 하지 않는다' 라고.

구제불능 가상 덕후답게!

덕분에 무진장 꼬집혔다.

어쨌든 이미 그녀와 서먹한 인사는 나누었고, 주임 직책을 달고 있어 추 주임이라 부르기로 했다.

추 주임은 호의적인 눈빛을 담아 내게 물었다.

"가상 단말기 고유 코드가 어떻게 되시죠?"

"코드 세팅은… 그냥 E&T 기본 세팅으로 감도 조정하시면 됩니다."

"흐음, E&T 유저시군요. 지원자 대부분이 E&T 유저라니… 비교는 선명하겠어요. 그래도 기본 세팅으론 최적 동화율이 이끌기가 힘들 텐데……."

고유 코드값이란 플레이어의 혈압, 시력, 폐활량, 심박 수, 체중, 골밀도, 바이오리듬 등의 육체 조건을 말한다. 이 값을 가상 엔진에 대입하면 각 개인에게 최적화된 동화율을 이끌어낼 수 있다.

추 주임의 우려에 나는 무뚝뚝하게 대했다, 이성에게 괜히 삐죽거리는 사춘기 소년처럼.

그게 오늘 내 컨셉이다.

차가운 새벽 공기를 마시고 와서 이게 무슨 광대짓이란 말인가.

"기본 세팅에서 동화율을 이끌어내야만 제대로 된 가상 플레이어라 할 수 있죠."

"그, 그래요. 좋습니다. 이쪽 단말기에 접속하셔서 최대 동화율을 끌어올린 다음 3분간 유지해 주세요. 테스트는 그것으로 끝입니다."

실망한 어투로 추 주임은 말했고, 당연히 주변 반응은 싸했다.

스텝과 지원자 모두 나를 향한 시선이 그리 곱지 않았다. 나름 호의적이었던 추 주임까지.

마치 모르모트가 된 기분이었지만 뒤에서 징징거리는 지은이를 생각해서 낯선 단말기에 몸을 내맡겼다.

"야이, 바부팅아—! 기본값이 얼마나 중요한데!!"

지은이가 발을 동동 구르며 안타까워했다.

이에 아주 거슬리게 콧방귀를 펑펑 뀌는 녀석까지 있다.

"후후, 시스터 보이라… 포기로군. 그런 식으로 펑곗거리를 만드는 거지, 그런 거야. 시간 낭비 같은데, 그만 하죠."

감히 누굴 보고 시스터 보이라는 거야?! 음, 시스터 보이로 보이겠구나.

아무튼 저런 병맛을 보았나. 눈이라고 달려 있는 게 실눈처럼 가늘어선 이리저리 눈알을 굴리는 것 자체로 비호감덩어리. 하나 자신의 고유 코드값으로 동화율을 55%까지 유지한 녀석이라 지원자 중 가히 발군이었다.

단지 당연하다는 듯 거들먹거리며 시급을 무려 8만 원이나 요구해 관계자들을 기함케 했다.

가상 세계의 성골(聖骨)이시라나.

실눈의 대놓은 비아냥거림에 동조하는 낮은 야유가 뒤따랐다.

'다들 시급에 목숨 걸었군.'

나는 그저 단말기에만 집중했다. 그간 가상 세계에 집중한 나 자신의 능력에 과연 어떤 평가가 나올지 궁금하기만 할 뿐이었다.

"후우—"

숨을 천천히 깊게 들이켜며 감은 눈을 3초에 걸쳐서 천천히 떴다.

떵한 현기증에 이어 익숙한 E&T 풍경이 나타났고, 가볍게 지저귀는 작은 새 한 마리가 포로롱거리며 머리 위로 지나갔다.

E&T에 제일 처음 접속했을 때의 그 그림이었다.

초보 시절, 저 지저귐을 시작으로 얼마나 헐레벌떡 달려왔던가!

가슴이 벅차오르며 알싸한 추억이 새록새록 밀려왔다.

모두 지난 이야기면서 현재 진행 중인 이야기.

절로 미소가 걸리며 맑은 하늘과 깨끗한 공기가 스며들었다.

편안하고 편안하게, 푸근하고 푸근하게, 깊고도 깊이… 그 안으로 녹아들었다. 그렇게 격한 감정을 불러와 일부러 동화율을 끌어올리지 않은 채 있는 그대로를 받아들였다.

약간의 시간이 흐르고 추 주임의 목소리가 들렸다.

"…강제로 접속을 중지합니다. 충격에 대비하세요. 10…3, 2, 1."

그렇게 간단하게 동화율 체크가 끝이 났다.

역시 연구소에서 사용하는 단말기라 뭐가 다르긴 다른가 보다.

단말기에서 몸을 빼자 시큰둥한 표정의 진행 요원들이 모여들었다. 그리고 잠시의 시간이 흐르고,

"…이럴 수가!"

"단시간에 이게 가능해요?"

"68%라니!!"

"그, 그래프 좀 봐요. 3분 내내 동화율에 기복이 전혀 없어요. 이런 경우가 있다니… 트리플 A 능력자?"

내가 무슨 한우 꽃등심이야?!

그렇게 서로 못 미더워하는 분위기로 장내가 소란스러워

졌고, 그중 인상이 걸레처럼 구겨진 실눈이 떠듬거리며 중얼 거렸다.

"당신 같은 하이 클래스 능력자가 여긴 왜 온 거야……."

오면 안 되는 거였나? 하이 클래스는 또 무슨 소리야?

그러고 보니 지은이마저 멍한 표정을 지으며 석고상처럼 망연자실 굳어 있다, 손가락을 나를 향한 채로.

"…거짓말."

무하핫, 이제 알아보았느뇨?

이 오라비가 가상과 현실의 경계가 없는 가상 인류임을.

…가상이 나에겐 더 편한 안식처.

*   *   *

마치 신기한 동물을 보는 듯한 눈으로 추 주임이 말했다.

"오라버니, 녹색 컬러 콘택트렌즈, 은색 가발에 반쪽 가면 을 기본으로 착용하니까 초상권은 최대한 보호할 수 있어요. 그러니까 한 시간에 한 번씩 관 속에 누워 있다 간혹 일어나 방문자들을 놀래키면 됩니다. 간단해요."

"……"

절대 간단 안 하거든요. 그리고 제가 '누님' 같은 당신한테 오라버니 소리를 들을 나이 아닙니다.

나의 뚱한 반응에 그녀가 황급히 조건을 걸었다.

"시간당 5만 원으로 조정해 드릴게요. 그러니……."

손을 들어 말을 중지시켰다, 일고의 가치도 없는 '딜'이기에.

'쩐'의 문제가 아니다.

일당 착하고, 코스튬도 부담 적고, 미인 연구원의 간절한 청탁도 좋고, 부가적으로 주어지는 경품도 마음에 들며, 결정적으로 지은이가 관련된 회사를 돕는 일이기에 오빠로서의 체면도 세우고… 다 좋다.

가상 박람회를 지근에서 즐기기까지 하니 99% 입이 벌어질 조건들이다.

그러나!

왜 하필 뱀파이어 분장이냐고요?!

알다시피 내겐 분신(分身) 다크 지오가 있다. 피를 빨려는 수백의 뱀파이어들에게 쫓겨 다니고 있으며 흐르는 섬을 따라 비자발적 캐릭 로스트 상태에 빠진 그 '다크 지오' 말이다.

모든 지오가 축제를 즐기고 있을 때, 그는 차가운 석조상으로 은신한 채 불안한 시간을 보내고 있다.

오! 가련할지어라.

달의 일족이든 뭐라 부르든 뱀파이어라면 치가 떨린다. 그런 나를 보고 뱀파이어 역할을 하라니?!

있을 수 없어!

차라리 늑대인간이라면 신나게 놀아줄 자신있다. 과가 그 과니까.

그런고로 보복이 두려운 동생의 간청도, 미인 연구원의 요청도, 든든한 일당의 유혹도 나를 움직이지 못했다.

나는 그저 무뚝뚝한 표정을 유지하며 행사를 준비하는 소음에 귀를 기울일 뿐이다. 이것이야말로 천국의 소리.

―보세요! 즐겨요!! 느껴요!!! E&T 연합 부스입니다. E&T 유저 여러분, 어서 모이세요.

―E&T입니다. Part 2 체험 행사에 선착순으로 300명 모십니다.

―E&T 특판부에서 알려드립니다. 강철 거인 피규어 1,000개 한정 판매합니다.

―E&T 출판사업팀입니다. 설정집 팔아요~

―E&T 이벤트팀입니다, 듀얼 참가자 모이세요. 각 조 토너먼트 승자에게 푸짐한 선행 아이템 쏩니다.

―E&T 친목 카페입니다. 하이브리드 캐릭 육성 정보 공유합니다. 퀘스트 공유도 대환영입니다.

―모이세요, 한강 36구역 친목 길드 길드원 모집합니다. 길드 전용 동아리 공간 있습니다.

아직 행사장을 열지 않은 상태에서 진행 요원들이 예행연습을 위해 외치는 소리들이다.

그중 E&T완 관련된 선전 무구를 외치는 소리만 들려왔으니, 어서 빨리 행사장의 인파 속으로 녹아들고 싶을 뿐이다.

E&T 관련 부스만 무려 2천 평에 달한다. 그것도 바로 옆!

오길 잘했다. 이런 세계가 있구나. 밤도 새지 않고, 줄을 길게 서지도 않고 나는 이 안에 들어와 있다. 재수!

단지 그뿐이다.

그래, 내가 놀 곳을 바로 저기야!

당연히 나의 관심이 옆 E&T 부스에 가 있음을 눈치채지 못할 추 주임 아니었다. 그녀는 아이를 달래는 투로 말해왔다.

"흐음, 오라버니. 그럼 이건 어때요?"

"……?"

"저희 회사가 E&T에 가상 엔진 중 일부를 공급하는 건 아시죠? 당연히 Part 2 선행 정보를 접할 수 있었어요. 구체적인 정보는 기업 비밀이라 알려드릴 수 없지만 최적화된 감도 센서 세팅 코드를 알려드릴 수는 있어요."

"……."

마음이 동하는 정보다.

"이건 어디까지나 제가 가진 개인적인 노하우니까 당연히 해킹 툴이 아니에요. 이 세팅값이면 기본 동화율을 3%가량 상승시킨 상태에서 플레이가 진행되더라고요."

"……!"

옆 부스에서 들려오는 천사들의 노래가 일순 소음으로 화했다. 가상 엔진을 만드는 연구원의 노하우라 했다.

추 주임의 손을 덥석 잡았다.

"…하겠습니다."

무슨 말이 더 필요한가.

가상 덕후는 연구원 누님의 유혹에 무릎 꿇기로…….

동화율 1%에 플레이어의 생과 사가 갈리는 곳이 작금의 E&T다.

그 세팅 코드값이 사실이라면 단말기를 손보는 것만으로 수많은 기회를 잡을 수 있다는 말이잖은가.

이는 나 하나만의 문제가 아니다. 전 작업장 단말기에 3%의 어드벤티지를 먹고 들어간다는 말과 같다.

18% 동화율과 21% 동화율의 플레이 결과는 하루를 놓고 보면 미미하지만 한 달이 쌓이면 그 차이는 엄청나게 벌어진다.

다른 작업장을 단번에 따라잡을 수 있는 귀한 정보가 아닐 수 없음이라.

'조직을 위해 이 한 몸 불태우리…….'

나만의 뭉게구름 계산에 빠진 나를 지은이가 걷어챘다. 대신 얼굴에 안도감이 한가득이다.

"아휴, 완전 가상 덕후가 다 됐어. 누가 우리 오빠 좀 구해 주세요—"

그게 네 오빠다. 계속 그렇게 살련다.

나는 처음으로 진지하게 추 주임을 대했다, 비즈니스 파트너로서.

"추 주임, 성격 교정되는 가상 엔진을 개발할 의향은 없으신지?"

"예? 성격 교정이라뇨?"

"이 다리 짧은 모르모트를 무료로 제공할 의향이 있는데."

내게 지은이의 두 팔, 양다리를 이용한 무한 연타 콤보가 휘몰아쳤다.

"풋―"

추 주임이 고개를 돌리며 작은 웃음을 터뜨렸다.

機甲戰記
Massacre
기갑전기 매서커

삐걱—

관 뚜껑을 밀어내는 거북하고 으스스한 신호음이 공연의
시작을 알렸다.

나는 짙은 어둠을 조금씩 밀어내며 몸을 일으켰다.

천장에서 내리 비추는 조명에 눈이 따가워져 망토를 소매
에 둘러 가리는 식으로 시력을 보호했다. 그리고 자연스레 가
린 얼굴을 천천히 내렸다.

그렇게 완벽한 밝음의 한가운데 몸을 드러냈다.

건성에 가까운 카메라 플래시가 터지며,

"꺅—!"

몇몇 코스프레 마니아들의 장난기가 담긴 탄성이 그 뒤를 따랐다.

300평에 가까운 부스를 찾은 인원은 쉰이 채 되지 않았고, 나를 향한 반응은 그저 그랬다.

'48명이라… 그래도 첫 회보단 32명이 늘었어. 그것도… 전부 여성들이군.'

지금은 2회 공연 중이다. 1회째는 정말 썰렁했다.

지금 이 가상 박람회장엔 3만여 명이 운집한 상태로, 그 열기는 칸막이를 넘어 뜨겁게 전달되고 있다.

유명 게임 개발사도 아니고, 가상 엔진을 개발하는 회사의 인지도란 고작 그런 것이었다.

그러나 나는 열정을 담아 부르주아 뱀파이어 역할을 수행하여야 한다.

'크으, 이 지오님이 코스프레를 하게 되다니……'

등을 덮은 치렁치렁한 은발, 차가운 비취색 눈동자, 핏기없는 피부, 검은 턱시도와 단정한 나비넥타이, 안감이 피처럼 붉고 외피는 칠흑처럼 검은 망토, 손엔 붉은 보석이 장식된 샤벨이 숨겨진 신사용 지팡이, 핏빛 눈물 자국이 선명한 백색 도자기 면구가 더해져 완벽한 부르주아 시대의 가면 무도회에 나선 부유한 신사의 모습이다.

일명 팬텀 뱀파이어!

나로선 전혀 몰입할 수 없는 바로 그 클래스인 것이다.

내 자신이 분장이 아닌 변신에 가까운 스스로의 모습을 볼 수 없으니 굳이 적응할 필요는 없다. 그저 거울만 피해 다니면 된다.

진짜 뱀파이어처럼.

수십 명의 시선이 나에게 쏠려 있다. 자칫 경직될 수 있는 상황이지만 이미 하루 전에 가면을 쓰고 수많은 카메라 앞에 선 나다. 물론 가상이긴 했지만. 그러니 '깜냥' 만큼은 그 누구에도 밀릴 리가 없다.

'이건 현실이 아냐. 지금 나는 가상에 들어와 있는 거야.'

그런 식으로 내 스스로에게 주문을 걸며 뻔뻔하고도 뻔뻔하게 팬텀 뱀파이어 역할 속으로 몰입해 들어갔다.

이리저리 휘둥그레진 눈을 한 관객들 사이를 배회하다 그 가운데 부르주아 시대 귀부인으로 분한 여성을 찾아 그녀 주위를 유혹하듯이 배회했다. 귀부인의 부끄러워하는 듯한 외면과 호기심 넘치는 곁눈질이 따랐다.

귀부인에게 매료당한 뱀파이어, 뱀파이어에게 매료당한 숙녀.

일체의 대사가 없는 무언극이 관객들 사이에서 벌어졌다.

이 귀부인 역할을 맡은 이는 배우 지망생이자 모델로, 탐스러운 금발에 가냘픈 몸매의 귀부인 의상이 너무도 잘 어울렸다.

하나 그녀는 두 번째 공연임에도 의심 가득한 눈으로 나를 담고 있다. 인정할 수 없다는 눈빛이 강렬하다.

왜 아니 그럴까? 전문 배우도, 모델도 아닌 상대역이 오늘 갑자기 뚝 떨어졌으니.

그녀가 전문 배우다운 우아함으로 나를 압도하고 있음은 솔직히 인정할 수밖에 없었다. 손끝의 방향과 시선 처리만으로 감정 표현이 가능하다니… 이런 게 배우라는 거구나.

그래서 이제부터 즉흥 장면을 연출하기로 했다.

상대의 의심 가득한 시선을 무시하고 망토를 거칠게 높이 추켜올렸다.

팡—!

일순 관객들의 시선에 작은 장막을 드리웠다.

시선을 가린 그 짧은 순간, 그녀의 허리를 거칠게 잡아채 품 안으로 당겨 안았다. 그리고 뱀파이어 특유의 날카로운 송곳니를 드러내 그녀의 새하얀 긴 목에 가져갔다.

망토의 거친 펄럭임이 내려앉으며 깊이 밀착한 그림이 드러났다. 그 상태에서 가느다란 숨 하나도 놓치지 않겠다는 기세로 그녀의 체온을 빨아들였다. 마치 피를 빨듯이.

"아—!"

귀부인의 입이 살짝 열리며 가느다란 탄성이 자연스럽게 흘러나왔다.

순간 정지!

정지 버튼에 노출된 영상처럼 동작을 유지했다.

이 정지 그림에서 카메라 플래시가 뜨겁게 반응했다.

카메라 서터 소리가 잦아들었고, 관객들은 숨소리마저 죽이며 이 그림에서 시선이 떠날 줄 몰랐다.

긴 정적, 긴 여운… 관객들의 초조함이 느껴졌다.

두 손을 꼭 모아 쥔 채 이 그림을 진진하게 바라보는 여성들이 대다수다. 반면 동행으로 보이는 남성들의 두 눈엔 질투의 불길이 이글댔다.

가느다란 목에서 얼굴을 들자 관객들 사이에서 아쉬운 탄성이 길게 이어졌다.

멍한 표정의 여배우가 나를 바라보고 있었다. 마치 당신에게 매료당했다는 듯한 감정을 듬뿍 담아서.

짝짝짝—!!

주변에 모인 관객들이 박수로 이 작은 퍼포먼스에 찬사를 보내주었다. 특히 여성들의 반응이 열렬했다.

'…아무래도 난 타고난 것 같아.'

그런 그들에게 여배우의 손을 들어 올리며 허리를 숙이는 식의 무대 인사를 선사했다. 박수갈채가 길게 이어졌고 이 소리를 찾아 부스를 기웃거리는 관람객들이 부쩍 늘어나 있었다.

관객들의 고무된 반응에 여배우는 상기된 표정으로 나를 올려다보았다, 정말 뜻밖이라는 눈빛으로.

'충분히 뻔뻔할 수 있답니다.'

하지만 연극은 연극, 공연은 공연. 여배우와 눈 마주치며 노닥거릴 여유는 없다.

나는 입매를 살짝 올리는 식으로 미소를 보냄과 동시에 망토를 풍성하게 부풀리게 휘저으며 여배우에게서 등을 돌렸다.

이제 고어 엔진을 이용한 공개 시연으로 이어질 차례가 된 것이다.

가상 세계에서 내 능력을 과시할 시간!

과연 내가 일으키는 동화율은 일반 유저들에게 어떤 평가로 이어질까? 과연 내가 개발사의 평가처럼 유니크한 인간일까?

그저 같은 유저들의 반응이 궁금할 따름이다.

그런 마음으로 관심이 높아진 관객들을 이끌고 가상 단말기가 마련된 장소를 향해 큰 걸음으로 걸어갔다. 망토를 풍성하게 펄럭이며 신사용 지팡이를 빙글빙글 돌리며 한껏 여유를 부렸다.

뒤따르는 다수가 분홍빛으로 상기된 표정을 한 여성 관객들이었다. 남성 관객들은 볼이 부풀 대로 부풀어 어정쩡하게 그 뒤를 따를 따름이고. 박수 소리에 이끌려 들어온 관객들은 사람이 사람을 이끄는 관성에 홀려 부스 깊숙이 따라 들어왔다.

족히 100명은 넘어 보였다.

그런 가운데 부스의 정중앙, 개발사가 마련한 가상 단말기에 이르렀다. 감도를 보정하는 액세서리가 일체 배제된 저가의 보급형 단말기였다.

고어 엔진이라는 일종의 에드웨어를 선전하기에 당연한 기본 구성이라.

단말기 위로 커다란 평면 스크린이 사면으로 설치되어 있고, 스크린 위로는 단말기에 접속하기 직전의 내 모습이 고스란히 그려지고 있었다. 이 거대한 스크린들은 내가 단말기에 접속한 순간부터는 가상 공간에서의 활약으로 채워져 나갈 것이다.

그리고 이 모든 행사의 핵심, 스크린 상단과 하단엔 수치를 나타내는 정보창이 깜박거리고 있다.

동화율 0%!

그 뒤를 따라 공인 기관의 측정 기기로 측정되고 있음을 알리는 안내 문구가 가느다랗게 자막 처리되어 꼬리에 꼬리를 무는 식으로 길게 지나갔다.

묘한 적막이 흐르는 가운데 호기심 넘치는 눈들이 나를 주시하기 시작했다.

나는 숨을 깊이 들이쉬며 눈을 감았다.

후우우웅—

접속기 특유의 이명이 울리며 이제는 기분 좋게만 느껴지는 현기증이 뇌를 관통했다.

'…잇츠 쇼 타임!'

화려한 크리스털 샹들리에와 그에 반사된 빛으로 찬란함이 가득 찬 공간이 나타났다. 선남선녀들로 넘쳐 나던 부르주아 시대의 오페라하우스였다.

경쾌한 춤곡이 흐르는 가운데 나는 부르주아 시대 선남선녀 복장의 NPC 사이로 스며들었다. 잘 훈련된 뮤지컬 배우처럼 발걸음은 선율을 따라 우아할 때엔 우아하게, 경쾌할 때엔 경쾌하게 걸음을 옮겼다.

미요와의 훈련 아닌 훈련이 뜻하지 않은 곳에서 빛날 줄이야.

걸음걸이만이 능청스러운 게 아니다.

모자를 살짝 들어 올리는 식으로 NPC 숙녀들에 대한 예의를 차렸다. 마치 그 시대, 그 장소에 살아 숨 쉬었던 신사처럼 너무도 천연덕스럽게.

그런 나에게 NPC들은 부드러운 눈인사로 보답해 왔다.

그러는 사이 동화율이 38%를 넘어섰고, 외부와 연결된 이어폰을 통해 관객들이 흘려내는 가느다란 감탄성이 들려왔다.

접속 후 보여준 쾌속의 동화율 상승에 따른 감탄이리라.

'뭐, 이 정도 가지고……'

나 나름의 NPC들에 대한 친밀감이 어딜 가겠는가.

개발사의 가상 엔진. 기대 이상으로 착착 감기는 것이, 엉터리를 만든 것 같지는 않았다.

이어폰으로 담담하면서 특유의 경쾌한 톤을 가진 목소리가 들려왔다.

[펜텀님, 동화율을 40%까지 끌어올려 주세요.]

행사를 진행하는 미모의 나레이터 도우미였다.

이제부터는 개발사가 제작한 가상 엔진의 우월함을 선전할 차례.

이어폰을 통해 이런저런 요구가 이루어졌다.

동화율을 끌어올렸다 내렸다, 그리고 일정 시간 동안 동화율을 유지하는 식의 간단한 요청들이었다.

그중엔 고가의 감도 보정 장치가 작동해야만이 빠르게 반응할 수 있는 요구들도 포함되어 있었다.

한마디로 애들이 변덕스럽게 돌리는 볼륨 조절 장치가 지금의 내 역할이다.

하나 나에겐 장난 같은 수준의 요구가 아닐 수 없었다.

즉각즉각 요구하는 동화율로 반영되니 감탄성은 점점 더 고조되어 갔다.

외부와 연결된 이어폰을 통해 가늘게 흘러들어 오는 소음으로 외부의 분위기가 전달되었다.

'좋아, 잘하고 있어.'

나의 능력에 기인한 그림들이지만 밖에선 그저 새로 선보인 고어 엔진의 우수함으로 포장될 터이다. 뭐, 아무렴 어때.

간단한 시연에 이어 나레이터 모델들이 가상 엔진의 차별화된 스펙을 설명하는 장황한 목소리가 들려왔다.

"당사가 야심차게 개발한 고어 엔진은……."

일반 가상 단말기에 자신들이 개발한 고어 엔진을 추가 프로그램으로 장착하면 장시간 동화율 유지와 높은 동화율을 이끌어낼 수 있다는 내용이 반복, 부연 식으로 장황하게 설명되었다.

"…평균 18%의 피로도 개선 효과가 있기에 대단위 작업장의 수익 개선에도 크게 기여할 것입니다."

나는 그 설명에 대한 증거로 동화율을 나타내는 그래프가 기복없이 50% 이하로 내려가지 않는 상태를 유지하며 오페라하우스 곳곳을 배회해야만 했다.

물론 이도 스토리는 정해져 있는 행동이다.

갑자기 사라진 연인을 찾아 헤매는 연인으로서, 걸음걸이는 불안정하고 좌우를 다급하게 두리번거렸다.

묘하게도 이때만큼은 동화율을 유지하기가 어려웠다.

상대가… 미요라면 모를까. 뭐, 그렇다는 거다.

그리고 마지막 가상 퍼포먼스의 클라이막스!

"…고어 엔진의 뛰어난 스펙은 전투 시 그 진가를 발휘합니다. 여러분, 오래 기다리셨습니다. 팬텀 뱀파이어의 라스트 미션이 지금 펼쳐집니다—!'

드디어 엔딩 퀘스트가 주어졌다.

오페라하우스 지하로 내려가 악당 뱀파이어들을 물리치고 사랑하는 연인을 구해야 하는 시간이 된 것이다. 나를 둘러싼 가상의 그림은 순식간에 검은 나무뿌리가 기괴하게 얽혀 있는 지하 광장으로 바뀌었다.

광장 너머로 시커먼 동공이 쩌억 아가리를 벌린 채 나를 기다리고 있었다.

두 번째이긴 하지만 긴장해야 했다, 몬스터들의 인공지능에 학습 능력이 탑재되어 있기에.

공동에 들어서자마자 '끼악—!' 찢어지는 기성이 터지며 박쥐 떼가 날아올랐다.

박쥐들은 주먹만 한 크기였지만 떼로 뭉쳐 아가리를 벌리는 거대한 괴물 형상을 만들며 덮쳐 왔다.

"이얍—!'

뱀파이어의 만능 아이템인 망토를 휘둘러 육박한 박쥐 떼를 한꺼번에 무더기로 패대기쳤다.

파팡— 퍼벅!

박쥐 떼가 핏덩어리가 되어 우수수 떨어졌다.

키잇―!

이 정도 몬스터야 스킬 발현 없이 망토를 휘두르는 것만으로 충분하다.

적들은 흡혈박쥐 떼로 시작해서 흡혈 몬스터 시리즈로 강도를 높여가는 식으로 쇄도해 왔다. 그럼에도 망토를 방패 삼아 두르고 신사용 지팡이를 검처럼 휘두르는 것만으로 충분했다.

지하 공동 안으로 깊숙이 들어갈수록 간단하게 제압할 수 있는 수준은 아니었다. 크기가 커짐과 비례해 생명력도 질겨져만 갔다. 게다 빠른 학습 능력을 갖추고 있기에 내 행동 패턴을 예상해 매복하고 덮쳐 왔다.

이미 E&T를 통해 학습할 대로 학습한 이 몸을 막진 못했지만 귀찮게 할 정도로는 충분했다.

'이거, 장난이 아닌데. 왜 이리 엉큼해진 거야.'

지금도 그렇다. 죽었다고 생각한 녀석이 살금살금 기어와 발꿈치를 물고 늘어지는 것이 아닌가.

"으……."

우리한 통증이 타고 올라오는 것이 장난이 아니다.

관객들 때문에 입에 붙은 욕을 내뱉을 수도 없으니… 미칠 노릇.

'빌어먹을, 아프잖아! 가상 엔진을 개발한다더니, 몬스터

인공지능만 개발한 거 아냐? 그리고 이 익숙한 질퍽함
은……'

E&T 협력 업체라 했다.

그렇다. 이 작자들이 변태 엔진을 개발한 게 분명했다.

아무리 꼼수를 부려도 강력한 공격 스킬을 발휘하면 깔끔
하게 문제 해결이다. 이 공격 스킬의 위력과 효력 범위는 동
화율에 따라 크고 넓어진다. 그런 스킬이 무려 36가지로, 모
두 풀 차지 상태로 대기 중에 있다.

'무허허허헛! 이걸 땅 짚고 헤엄치는 알바라고나 할까.'

저렙 몬스터들을 상대로 스킬을 발휘한다고 생각하니 자
존심이 상했지만 빠른 행사 진행을 위해선 다음 포인트로 이
동해야 하니까 어쩔 수 없었다.

거리와 타이밍을 속으로 세며 전방에 무리지어 나타나는
몬스터들을 노려보았다.

크워어어어어어어!!

'생기가 빨려 버린 인간'이라는 타이틀이 붙은 인간형 몬
스터가 등장했다. 머리를 부수지 않으면 절단된 손가락 하나
까지 꾸물꾸물 살아 움직이는 질긴 몬스터.

한데,

'이게 아닌데……'

그랬다. 그 수가 1회 공연 때와 비교해서 열 배는 불어 나
타난 것이다. 100마리가 넘어 통로는 온통 붉은 눈으로 가득

차 있다.

뭐, 내가 필요 이상으로 강하긴 했지.

극적인 재미를 가미하겠다는데 서비스 차원에서 받아들이기로 했다.

그런데,

"피의 회오리—!"

동화율 액셀레이타를 밟으며 회심의 스킬을 걸었건만…….

막 뛰쳐나가는 단거리 주자의 몸을 보이지 않는 누군가가 잡아당기는 듯한 그런 느낌.

"……?"

'스킬 락' 이라니!

코앞까지 닥친 몬스터들이 당황해하는 나를 조소하며 기다랗게 자란 손톱을 치켜들며 부드럽게 손짓했다.

요단강 건너 만나자고?

'제에엔자앙—!'

機甲戰記
Massacre
기갑전기 매서커

가상 공간에서 빠져나와야 할까?

당연히 잔상이 남은 주인공이 저렙 몬스터들에게 터무니없이 당할 것이다. 그리되면 시연장은 웃음바다가 될 터.

이제 막 관객들이 늘어나는 중이잖은가.

순간적으로 추 주임이 진지하게 부탁한 말이 떠올랐다.

"짐작하신 대로 행사를 방해하려는 세력이 있어요. 이번 런칭을 실패케 만들어 곤경에 빠진 회사를 인수하려는 자들이죠. 그들은 우리가 E&T 협력 업체로서 획득한 고급 정보를 노리고 있어요. 꽤 유명한 작업장이라는데… 아무튼 E&T 협력사라는 타이틀은 화려하지만 지금 저희의 자금 사정은 그리 좋지 않아요. 3년간 공들인 고어 엔진을 에드웨어식으로 판매해야 할 정도로……. 그렇기에 이런 큰 부스를 차린 것도 큰 무리가 아닐 수 없어요. 꼭 성공해야 되는데… 제발 도와주세요."

추 주임의 눈빛엔 깊은 우려가 담겨 있었다. 내부 스파이에 대해선 차마 말은 하지 않았지만 미루어 짐작할 수 있었다.

한 달간 호흡을 맞춘 동화율이 되는 모델의 갑작스러운 이탈, 그리고 지금 나에게 일어난 '스킬 락' 테러…….

회사 핵심층에 스파이가 있음이다.

내부의 스파이라…….

현재는 과거의 또 다른 재현이라 했던가.

순간 고립된 기지에서의 기억이 스쳐 지나갔다.

탈출할 기회 때마다 우리는 실패했다. 그 횟수가 거듭될수록 동료들은 형제가 되어갔고, 형제가 되어버린 동료들은 줄어만 갔다. 종국엔 스파이에 대한 의심으로 형제들과 동료들과의 반목은 커져만 갔다.

그리고 나는 마지막 탈출 순간까지 그 스파이를 단 한 번의 의심도 없이 목숨 걸고 지켰다.

마지막 출격 순간, 슈팅 아머의 화기 통제 장치에 락이 걸려 있었다. 그런 줄도 모르고 나는 에러를 잡기 위해 뒤처져야 했다.

결과적으로 그 덕에 나만 살아남을 수 있었다.

탈출 거점을 확보한 동료들 환호성 위로 위성 포격이 떨어져 내렸던 것이다. 나는 통신관을 통해 동료들이 하나둘 죽어가는 것을 고스란히 들으며 멍하니 있을 수밖에 없었다.

그 자리, 그 시간에 그들과 함께 있을 수 없다니…….

스파이의 정체를 깨달았다.

'너만은 살리고 싶었다' 라는 '그녀' 의 변명에 나는 나락으로 빠져들었다.

그리고 지금 이 순간 누군가 내 단말기에 스킬 락을 걸어놓았다.

봉인해 놓은 분노가 스멀스멀 일어났다.

나를 가지고 놀겠다고?

딸칵, 하는 붉은 스위치가 올라갔다.

뜨거운 피가 치솟아올라 머릿속에 남은 차가운 공간을 밀어냈다.

그 누구든 나를 가지고 놀 순 없어!!

분노 모드가 깨어났다.

"우와아아앗ㅡ!"

기세를 일으키자 나를 중심으로 피가 고열에 증발하는 듯한 붉은 서광이 아지랑이처럼 피어올랐다.

분노에 몸을 실었다.

사납게 덮쳐 오던 몬스터들의 움직임이 느려졌다. 아니, 내가 빨라졌음이다. 36배속 화면 돌리기를 한 것처럼.

그렇게 동화율을 폭발적으로 터뜨리며 몬스터 무리 속으로 몸을 날렸다.

슈가가가각—!

몸을 회전해 망토를 바람개비처럼 돌렸다. 검은 바람이 몬스터들에게 휘몰아쳤다. 검은 바람에 노출된 몬스터들은 정지 버튼을 누른 화면처럼 동작이 멎었다.

비명조차 없이 눈만 탁하게 흐려질 뿐이다.

나는 동작이 정지한 몬스터들을 무시하고 앞으로 나아갔다. 다음 무리를 찾아 재차 분노를 뿌리고 공포의 검은 바람을 선사했다.

스스스스스슷—

공간을 가르는 검은 선이 파문을 일으키며 퍼져 나갔다.

침묵, 침묵, 침묵…….

등 뒤에선 정지한 몬스터들의 허리 위로 붉은 선이 생겨나며 이내 잔혹한 분리가 일어났다.

후두두둑, 투둑.

뒤이어 듣기 거북한 기성으로 공동이 가득 메워졌다.

크에에에엑—!

분노의 힘은 이 가상 공간에서도 통했다.

아니, 이는 분노에 대한 몰입, 집중의 힘이리라.

그렇게 전진, 전진… 거칠 것 없이 붉은 분노와 검은 공포를 뿌려댔다.

위로받지 못한 나를 위해… 분노를 뿌렸다.

＊　　　　＊　　　　＊

내가 분노를 일으킨 순간부터 이어폰은 침묵했다.

그리고 지금, 나레이터 도우미의 중간 소개 멘트가 있어야할 중간 쉼터에 도착했건만 약속된 나레이터 안내는 들려오지 않았다.

오직 분노의 동화율만이 거의 80%에 육박하고 있다.

당연하다. 이는 진행 각본에 없는 상황이었으니까.

'아, 구제불능 오버 클럭!'

후회는 내 일이 아니다.

하나 행사를 망친 건 아닌지 알아볼 필요가 있었다.

신경을 집중하니 이어폰을 통해 작은 소란이 흘러들어 왔다.

"스킬을 단 한 번도 사용 안 했네? 왜 저러지?"

"와우, 동화율 79%라니… 저님 장난 아니다. 기대 안 했는데 이벤트 화끈해."

"프로추어인 줄 알았는데 하이 프로야! 이크, 친구에게 이리오라고 알려야지. 탱구야, 여기 굉장해! 씨댕아, 잔말 말고 튀어

오라고. 하이 프로 유저의 공개 시연이라니까. 화면 밖으로 피가 팍팍 튀어! 동화율 79%야. 와서 확인하라고. 진짜라니까!!'

들뜬 열기가 소리에 붙어 있을 뿐이다.

내가 그렇게 대단한가? 생각은 잠시 접어두자.

관객들은 내게 일어난 일을 전혀 눈치채지 못하고 지금의 상황을 즐기고 있었다.

여기서 플레이를 중지하고 나갈 수도 있다.

하나 그러지 않기로 했다.

각본에 없는 진행임에도 주최측의 중지 요청은 없다.

아마도 돌변한 사태를 파악하느라 분주할 것이다.

아니나 다를까, 추 주임의 기어들어 가는 목소리가 이어폰에서 흘러나왔다.

[…죄송합니다. 좀 더 시간을 끌어주시면 안 될까요? 지금 해킹 루트를 추적 중이에요.]

…역시. 내가 함정에서 좀 더 허덕여 줘야 스파이의 흔적을 추적할 수 있음인가.

들추어진 기억에 끓어오르는 분노를 해소할 곳은 현실 그 어디에도 없다.

오직 가상 세계만이 내가 미쳐 날뛸 수 있는 유일한 탈출구! 해방구!

이는 되려 내가 바라는 바.

'좋아, 갈 데까지 간다.'

나는 어깨를 으쓱하는 것으로 추 주임의 요청에 대한 답을
했다.

이에 미안하고 자신감없는 목소리가 흘러들어 왔다.

[…고마워요.]

승낙하자마자 과로로 인한 현기증이 골을 찡하게 울렸다.

문제는 스테미너 게이지와 스테미너 회복율이 바닥을 기
고 있다는 것.

뱀파이어가 스테미너를 회복하려면… 필요한 것은 피!

어느 게임에서나 뱀파이어 클래스는 흡혈하지 않으면 스
테미너 회복은 더디고 제한적이다.

그 빤한 설정이 진행을 가로막고 있다.

하나 주변엔 흡혈할 대상이 없을뿐더러 아무리 게임이라
도 나 자신이 흡혈 의식에 동의할 수는 없다.

…대안은 있다.

"후웁—!"

의식을 집중해 동화율을 컨트롤했다.

동화율이 10%로 떨어졌습니다.

동화율이 60%에 달합니다.

동화율 급락에 따른 떵한 현기증이 뒷골을 우리하게 울렸다.

동화율이 12%로 떨어졌습니다.

동화율이 73%에 달합니다.

고통을 견디며 이런 과정을 연속해서 반복했다. 마치 펌프
질을 하듯이.

후우웅—

몸 전체에서 붉은 운무가 피어올랐다.

이 선홍빛 운무는 분무기로 뿜어낸 것처럼 입자가 선명했다.

"하압!"

동화율이 85%에 달합니다.

스으읍—!

몸을 타고 흐르던 붉은 입자가 몸속으로 빠르게 스며들었다.

순간 바닥을 기던 스테미너 게이지가 빠르게 차올랐다.

내 피를 뿜어내 그것을 다시 회수하는 식으로 스테미너로
전환한 것이다.

그렇다. 동화율을 인위적으로 폭주시키는 식으로 인공지
능 교란을 유도해 낸 것이었다.

오로지 되는 사람만 가능한… 치트 키!

아니나 다를까,

"우오—!!"

관객들의 걱정없는 기성이 이어폰을 파고들었다.

강력한 몬스터들이 기다리는 공동으로 발을 디뎠다.

검은 장막을 통과하자마자 기다렸다는 듯 육중한 몬스터들이 마중 나왔다.

크워어어어어어어—!!

몬스터들은 물량으로 밀어붙여 왔다. 이내 육체와 육체가 부딪치는 악전고투가 벌어졌다.

주인공을 위해 준비된 과격하고 파괴적인 스킬은 36가지나 되었지만 모두 무용지물이었고, 동화율을 점점 고조시키는 것만이 내게 남은 유일한 스킬이었다.

분노의 집중과 분출, 그리고 공포 뿌리기… 스테미너를 채우기 위한 동화율의 폭주.

현재 동화율은 35%에서 85%를 자유자재로 오르락내리락하고 있다. 이 극한의 등락폭으로 격전을 버텨냈다.

1회용 행사를 위한 데모용 가상 공간이기에 이것만으로 충분히 무적 상태다.

몬스터들이 녹아 내렸다.

고조된 동화율. 이보다 더한 강력한 스킬이 없음이라.

이것은 그 어떤 가상 게임에서라도 통하는 대전제다.

하지만 아물지 않은 물리적인 상처는 조금씩 늘어가고 있었다.

그렇게 늘어나는 상처는 스테미너를 급속도록 갉아먹었다.

시간이 지날수록 몸을 무겁게 만들어가는 중으로, 이는 마치 빈 배낭에 돌덩어리가 하나씩 늘어가는 느낌이다.

눈앞에는 변이를 완성시킨 2미터가 넘는 늑대 머리 인간이 있다.

크르르릉―

지저분한 타액이 낮게 으르렁거리는 기다란 주둥이를 타고 흘러내렸다.

동화율이 한가득 실린 주먹을 늑대 머리 인간의 배에 쑤셔 넣었다.

퍼억―! 푸학―!!

늑대 머리 인간의 등이 터져 나갔다.

꾸어어어어―

털썩!

배에 머리통만 한 구멍이 뚫린 늑대 머리 인간이 키 높이대로 쓰러졌다.

이것이 바로 동화율이 실린 주먹의 위력이었다.

"하아, 하아―"

내 몸은 이미 혹사 수준이다. 피로도가 장난이 아니다.

하나 정지하면 안 된다. 머뭇거리는 순간 몬스터들에게 파묻혀 버릴 테니까.

정지하면 그것으로 끝.

쉼없는 전진과 돌파가 유일한 살길이다.

그렇게 육체적인 능력과 이를 받쳐 주는 동화율로 전장을 헤쳐 나가자 공간을 울리는 탄성이 점점 커져 갔다.

집중하지 않아도 이어폰을 파고들어 올 정도였고, 이는 나를 지탱하는 힘이 되어주었다. 의외의 응원이 아닐 수 없다.

"질서를 지켜주세요, 앞으로 한 걸음씩 당겨주세요."

"우와, 3분 연속해서 동화율 85%!"

"저님, 하이엔드로 가는 거 아냐?!"

"봤지?! 한데 언제까지 스킬을 사용 안 하는 거지?"

"…쇼맨십 장난 아니다."

단말기 앞까지 관객들이 몰려들어 와 후끈한 열기가 피부에 닿았다. 관객들의 응원과 몰입도가 고스란히 전해졌다.

주인공의 개고생을 관객들은 원하고 있음이라.

동화율만으로의 돌파. 그들의 말처럼 나 자신을 과시하려는 행동으로 보여지고 있다. 이제 와 스킬 락이 걸려 어쩔 수 없는 상황이라고 말해본들 생색내기밖에 안 될 터이다.

남들의 시선? 개발사의 행사 진행? 내부 스파이? 동생의 기대? 미인의 시선? 솔직히… 이제 더 이상은 내가 알 바 아니다.

나는 이기적인 인간. 위로받지 못한 나를 이 자리, 이 시간을 빌려 위로하면 그것으로 만족한다.

그렇게 나를 추스르는 가운데 화려한 문양의 거대한 쇠문이 나타났다.

'이제 엔딩이다! 곧 끝이다!'

나는 쇠문에 손을 가져다 댄 채 힘껏 밀었다.

끼이익—!

거북한 쇠 빗 끌리는 소리와 함께 불길한 보라색 빛이 닥쳐와 몸을 빨아 당겼다.

후우우우웅—!!

'…공간이동! 이건 또 뭐야?!'

곧 보랏빛은 사라졌고, 부드러운 바람이 뺨을 어루만졌다.

아치형 석주 회랑이 길게 이어진 공간이었다, 눅눅하고 음침한 지하가 아니었다.

원래대로라면 쇠문의 뒤는 거만한 엔딩 보스가 기다리고 있어야 하건만…….

'여기는?'

익숙한 공간이었다, 너무도.

당연히 부르주아 뱀파이어가 있을 수 없는 곳이다.

E&T의 가상 공간, 그것도… 흐르는 섬!

아, 내가 미쳐!!

機甲戰記
Massacre
기갑전기 매서커

와—, E&T다!

역시 관객들이 먼저 알아보았다.

어떻게 이런 일이… 혼란스러웠다.

나는 급히 회랑 기둥에 난 상처를 손으로 만졌다, 제발 아니길 바라며.

연인과 새긴 사랑의 흔적을 확인하려는 게 아니다.

'E&T 가상 세계가 아니길, 그 흐르는 섬이 아니길…….'

하나… 기둥에 새겨진 것은 다크 지오가 뱀파이어들과 드잡이질하며 스킬 이펙트가 터진 흔적이 맞았다.

'빌어먹을! 흐르는 섬이라니…….'

부인할 수 없는 현실이었다.

회랑에 인기척은 없다.

다크 지오와 숨바꼭질하던 그 많던 뱀파이어 유저들이 다 어디로 갔단 말인가.

'돌 콩' 실비는 어디로 갔단 말인가.

여하튼 분명한 것은… 박람회에서 행사를 진행하는 내가 있을 장소는 아니라는 것이다.

'행사, 완전 막장이네.'

그때였다, 저 멀리 회랑 천장에서 검은 와류가 생겨난 것은.

이건 행사와 연관된 효과로, 난이도 높은 인간형 뱀파이어들이 등장할 때의 이펙트였다. 스킬 없이 상대하기엔 진정 버거운 상대들이었다.

방금 처단한 늑대 머리 인간들과 비할 바가 아니다.

이펙트가 생겨나는 지역으로 절로 걸음이 옮겨졌다.

행사 진행상 이 인간형 뱀파이어들 중엔 NPC가 아닌, 나와 같은 아르바이트로 고용된 유저들이 섞여 있다. 이들은 지금 나에게 봉인된 동화율과 연동시킨 강력한 스킬로 무장하고 있다.

긴장을 유지하며 앞을 주시했다.

뚝뚝— 후두두둑—

천장에서 검은 그림자들이 마치 촛농이 흘러내리는 듯한 형상으로 떨어져 내렸다.

스멀스멀.

바닥에 고인 검은 촛농들은 금세 사람 형태로 자라났다.

E&T에선 본 적 없는 현상이지만 행사 중 경험한 그림이라 그리 놀랄 일은 아니었다. 적의 등장이 이렇게 반가울 줄이야.

한데,

'…수가?!'

첫 회 공연에선 한 명이었는데 어느새 다섯 명으로 늘어나 있었다.

검은 망토에 부르주아 신사 복장은 나와 같았다. 하지만 눈 아래를 가린 붉은 두건과 신사 지팡이 대신 그들은 뱀파이어의 길게 자란 송곳니를 연상시키는 형태의 긴 칼을 뽑아 들었다.

스릉― 챵―!

칼은 뼈를 깎아 만들었는지 퀴퀴한 하얀색을 발하고 있었다.

'뭐, 이런……'

저 아이템은 E&T상에 존재하는 무기이지 않은가!

바로 '뱀파이어 나이트'들의 전용 무기인 '뱀파이어 블레이드'였다.

저 칼에 당하면 피를 갈취당한다. 피를 갈취당한 상대는 무기력해지고, 반면 뱀파이어 나이트들은 체력을 회복한다.

E&T에 존재하는 사기 아이템 중 하나.

다크 지오가 수없이 많이 그런 위험에 노출당했었다.

절로 이가 갈리는 기억이었다.

한데 그 사기 아이템으로 무장한 적을 상대해야 하다니……

적들은 망토를 활짝 펼치며 회랑을 가로질러 일렬로 늘어섰다.

너머가 보이지 않는다.

그리고 내 등 뒤는… 하늘 아래!

눈앞에 검은 장막이 펼쳐진 것 같다.

게다 수많은 유저 사이에 섞여 있어도 쉽게 가려낼 정도로 나를 향한 적대적인 기세가 거칠고 사납다. 탁한 감정이 그렇게 고스란히 느껴졌다.

'빌어먹을… 전부 유저잖아. 대놓고 해킹질이라니… 행사 준비를 도대체 어떻게 한 거야?! 서버 점검 중이라며?!'

같은 유저이기에 공포 뿌리기의 효과는 제한적으로만 미칠 것이다. NPC라는 구멍이 하나도 없다니… 이는 최악의 상황.

검은 장막이 움직였다, 서서히.

적들은 새하얗게 번뜩이는 송곳니 형태의 기형 무기를 겨눈 채 서서히 거리를 좁혀왔다. 뿜어내는 자신감도 자신감이지만 기세의 엄밀함이 여간내기들이 아님이 느껴졌다.

그렇게 서로의 얼굴을 확인할 거리까지 좁혀졌다.

"크크크—"

이들은 약속이라 한 듯이 비릿한 조소를 흘려보냈다.

조소 속엔 나를 망신시켜 버리겠다는 각오가 읽혀질 정도다.

'나를 알고 있다! 도대체 이들은?

뱀파이어 나이트 분장은 흡사했지만 1회 공연 때 등장한 유저는 없었다. 뭔가 저들의 체구와 분위기가 익숙했다.

'…앗!

분명 그들이다. 나와 주인공 역을 놓고 경쟁한 바로 그 무리가 틀림없었다.

특히 저놈. 실눈에 배불뚝이, 특유의 희번덕거림을 못 알아볼 리 없다. 실눈이 나를 향해 흘리는 감정은 이 가운데서도 독특하다.

'…인정할 수 없다고? 그래. 오냐, 너 잘 만났다!'

살기를 날리는 식으로 놈을 견주자 실눈을 중심으로 동조자들이 엄호하듯이 가세해 왔다. 전형적인 쇄기 대형을 구축해 나의 압박을 간단하게 흘려 버렸다.

이어 실눈이 망토를 과장되게 털며 한껏 여유를 부렸다.

'갑자기 만들어진 조직력이 아니다!'

나의 긴장에 적들의 두 눈 가득 자신감이 차올랐다.

"크크큭—"

조소가 비릿하다.

나는 의식적으로 공방 거리를 견주며 망토를 살며시 풀어 팔에 걸쳤다. 그리고 조금씩 물러섰다.

강력한 물리적인 스킬에 노출되었습니다. 이탈하기를 권합니다.

타깃팅이 완성된 스킬이 나를 겨냥하고 있다는 무성의한 음성 경고가 이어졌고 위기를 알리는 신호는 쉴 새 없이 검붉게 깜박댔다.

적들은 오래도록 훈련한 듯, 전혀 틈을 보이지 않았다. 대형을 이루면서 거리 유지가 완벽한 것이, 집단 PvP에 특화된 유저들임이 분명했다.

'이거, 좋지 않은데⋯⋯.'

대치가 길어질수록 불리한 쪽은 나.

시간을 끌수록 고조되었던 동화율은 급격히 떨어질 테고, 이를 유지하려고 노력할수록 피로감은 커져만 갈 것이다.

지금은 고조된 동화율이 만든 강력한 장막이 나를 보호하고 있다.

적들은 이 보호막이 약화되기를 기다리고 있음이다.

시간은 자신들의 편이라도 된다는 듯 여유가 넘쳤다.

기가 막혔다. 어떻게 이런 적반하장의 상황이 있을 수 있단 말인가!

해킹 규모가 장난이 아니다.

'⋯배후가 상상 이상일지도.'

적들이 가하는 압박감에 처음으로 식은땀이 등골을 타고 흘러내렸다.

동화율은 점점 떨어지고 있다. 반대로 적들의 자신감은 점점 더 커져 가고 있었다.

　그때였다.

　—…본 고어 엔진은 PvP에 더욱 강력한 위력을 발휘합니다.

　분위기 파악 못한 나레이터 도우미의 뒤늦은 멘트가 이어폰을 울렸다.

　갑작스러운 나레이터의 개입에 대치 중인 적들이 움찔 반응하며 검끝이 미세하게 흔들렸다.

　'타이밍!'

　순간, 몸을 날리는 것과 동시에 처음으로 지팡이 안에 감추어진 샤벨을 빼 들었다.

　치잉—!!

　기분 좋은 마찰음을 시작으로 반사 신경을 최고조로 일깨우며 장막의 중심에 자리한 실눈을 목표로 쇄도했다.

　쌍방 거리는 8미터.

　"하압—!!"

　쇄도와 동시에 적들의 무기 끝에서 각양각색의 섬광이 터졌다. 반사적으로 스킬을 터뜨린 것이다.

　슈우우우우웃, 고오오오오오—

　사납게 빛나는 형광빛 이펙트의 폭풍이 눈앞에 몰려들었다.

거리를 빠르게 좁혔지만 스킬 폭풍에 난타당할 게 뻔한 상황.

이 스킬 이펙트 집합 속으로 풀어낸 망토를 집어 던졌다.

그러자 눈앞에 검은 장막이 활짝 펼쳐졌다.

파팡—! 퍼퍼퍽!!

망토가 흉흉한 이펙트를 집어삼켜 버렸다.

나는 스킬에 난타당해 거칠게 요동치는 망토를 향해 치켜 올리는 식으로 샤벨을 길게 그었다.

붉은 사선 한 줄기가 검은 장막을 갈랐다.

쉬잇—! 부우우욱!!

"크윽!"

걷힌 장막 뒤로 실눈이 가슴을 부여잡으며 상체를 숙이고 있는 모습이 드러났다. 그 숙인 얼굴에 무릎을 가져다 댔다.

무릎에는 실제와 같은 묵직한 질량감이 실렸다.

퍼억—!

"아악!"

실눈의 머리가 포물선을 그리며 넘어갔다.

쓰러진 실눈을 무시하고 좌우에 위치한 적들을 향해 샤벨을 크게 휘둘러 공간을 만들었다.

쉭쉭— 사싹—!

"이크!"

"크윽!"

양옆에 위치한 둘이 짧은 비명을 터뜨리며 팔뚝을 부여잡고 물러났다.

검끝에 살짝 걸렸을 뿐이다.

그 정도 얇은 베기에 극통을 느낄 정도라면 감도를 비정상적으로 높인 바이오 글러브 같은 보조 기기를 착용했음이리라.

그렇다면 그것은 저들의 패착이다.

적들은 고통을 느낀다, 두 배로.

극통을 동반한 육탄전이야말로 이 지오님의 장기!

대 자로 누워 숨을 몰아쉬는 실눈을 무시하고 상처를 부여잡고 물러나는 녀석들을 따라붙었다. 거리가 좁혀진 순간부터 서로를 엄호하던 치밀한 대형은 이제 더 이상 의미가 없다. 따라붙는 식으로 질기게 따라붙었다.

다 대 일 격투 상태에서 수비는 일체 도외시해야 한다.

그렇다. 사냥당하지 않으려면 사냥해야 한다.

거리가 가까우면 샤벨을 쥔 손을 세운 채 주먹으로 가격하고 거리가 벌어지면 샤벨로 눈을 노리고 찔러갔다.

그리고 역동작으로 등 뒤를 노리는 칼들을 쳐냈다, 등 뒤에 눈이 붙은 것처럼 감각적으로.

따땅— 슈슈숙!

맹렬하게 찌르는 샤벨, 휘몰아치는 지팡이, 크게 올려치는 어퍼컷. 나는 4인과 그렇게 거칠게 엉겨붙었다.

뒤죽박죽, 우왕좌왕. 스킬 발현 타이밍을 번번이 놓친 적들의 눈엔 당황함이 역력했다.

첫 타이밍을 빼앗은 결과는 전투의 분위기가 나를 중심으로 돌아가게 하기 충분했다.

"와라—!'

황소를 앞에 둔 광오한 투우사처럼 팔을 활짝 벌려 적의 칼 앞에 당당하게 섰다.

"이익! 죽어!!'

달려드는 적과 교차하며 찔러오는 칼을 겨드랑이에 끼워 넣었다. 좁혀진 간격만큼 샤벨은 적의 등을 뚫고 길게 삐죽 튀어나왔다.

"아악!'

단말마의 비명이 처절하게 터져 나왔다.

'이들은 유저가 아니다. 몬스터 역할을 자임한 그 순간부터 이들은 한낱 몬스터일 뿐이다.'

그래, 저들은 몬스터!

저들이 자임한 몬스터는 뱀파이어. 쌓인 게 오죽 많은가.

그렇게 한 마리의 뱀파이어를 데드시켰다.

그 짧은 교차 순간, 남은 적들도 가만있지만은 않았다.

부우욱—!

불이 스치고 지나간 듯한 화끈함이 등을 타고 두 번 지나갔다.

"크읏!'

데드시킨 뱀파이어의 몸뚱이를 남은 적들을 향해 크게 휘둘러 밀쳐 냈다. 자연 몸에 박힌 샤벨이 자유를 찾았다.

등 뒤로 뒤늦은 통증이 찾아와 억울함을 호소했고, 순식간에 빨려 나간 기력에 다리가 후들거렸다.

'감히 이 지오님의 체력을 훔쳐?!'

눈이 팩 돌았다.

'같이 죽자!'

돌변한 내 기세에 적들이 주춤했다.

내 두 손에 들린 샤벨과 지팡이가 남은 뱀파이어를 대상으로 광란의 춤을 추었다.

베고, 가르고, 찌르고, 비틀고, 분지르고, 뽑고, 잘랐다.

검끝에 실린 붉은 섬광이 짙어졌다. 지팡이는 지팡이대로 분을 이기지 못하고 부르르 떨었다.

어느새 동화율은 88%.

피가 튀었다.

관객들이 보든 말든 유혈 낭자한 장면을 거리낌없이 연출했다.

격렬하고, 사납고, 혹독하게 뱀파이어 유저들을 유린했다.

등이 축축하게 젖어왔다.

'내 체력, 돌리도!'

　　　　　*　　　　　*　　　　　*

"흐윽—"

적의 가슴에 밀착한 은빛 샤벨을 천천히 밀어 넣었다.

살을 파고들어 가는 끈적한 감촉에 이어 손끝에 퍼덕거림
이 잡히다 잠잠해졌다.

마주한 적의 눈은 가늘게 탁해지더니 곧 덩그러니 텅 비어
버렸다.

이어 적은 망토와 무기만 남기고 푸석한 회색 재로 화해 바
스라지는 식으로 흩어졌다.

> …뱀파이어 나이트를 해치웠습니다.

경험치도, 레벨업도, 아이템도, 포인트도 없는 이 무슨 개
고생이란 말인지.

"헉헉……."

등 뒤에서 고통에 겨워 꺽꺽대는 실눈을 제외한 뱀파이어
나이트 전원의 심장에 은제 샤벨을 선사했다. 나무 말뚝을 박
아 넣고 싶었지만 확실하게 뱀파이어다운 죽음을 선사한 것
으로 만족했다.

이제 마지막으로 남은 실눈을 처단하는 일만 남았다.

지팡이 끝으로 땅에 떨어진 망토를 들어 올렸다.

강력한 무기이자 방어구인 망토는 어느새 너덜너덜 걸레가 되어 있었다.

　'어디 보자, 뱀파이어 클래스의 고유 패시브 스킬은 사용 가능하구나. 아이템 복원은… 허허, 이거, 뱀파이어다운데.'

　샤벨을 실눈의 가슴께에 겨냥했다.

　그제야 충격 상태에서 벗어난 실눈이 체념한 투로 말했다.

　"…졌다."

　우리가 언제 당당히 겨루기라도 했단 말인가. 거참, 착각도 대단하시지.

　그리고 '졌습니다'가 옳은 표현이지 싶은데.

　딱히 중요한 요소가 아니기에 무시했다.

　대신 다정하게 말했다, 아주 친한 친구처럼.

　"네가 필요해."

　"무슨? 의뢰인은 말할 수 없어… 나도 몰라! 정말이야."

　"그딴 거 전혀 알고 싶지 않거든?!"

　"……?"

　그는 실눈을 크게 뜨며 의문을 표했다.

　나는 곧 망토를 들어 흔들어 보였다.

　"망토가 망가졌잖아. 재료가 필요해."

　"그게 무슨?"

　"헌혈해 봤지?! 헌혈이라고 생각해."

　길게 웃어 보이며 배불뚝이의 가슴에 은빛 샤벨을 박아 넣었다.

푸욱—!

"컥!"

그러나 심장을 관통시키지는 않았다.

처음으로 뱀파이어 클래스의 스킬을 사용한 것이다. 체력을 갈취당하고 나니 생각이 180도 달라졌다.

"적이 흘린 피로 나의 대지는 풍요로워질지니… 피의 풍요!"

"허업—!"

휘르릉—

실눈의 가슴에 박힌 은빛 샤벨을 따라 붉은 액체가 타고 올라왔다. 흘러들어 온 피는 곧바로 너덜너덜한 망토로 이어졌고, 피를 머금자마자 망토는 빠르게 원래의 모습을 찾아갔다.

"ㅇㅇㅇㅇ—"

그 반면, 실눈은 마른 오징어같이 체구가 쪼그라들었다.

적의 피를 재료 삼은 망토는 그렇게 원래 모습을 되찾았다, 완벽하게.

아니, 오히려 전보다 더욱 윤기가 흐른다고나.

망토가 살아나는 모습에 묘한 감흥이 찾아왔다.

'이거, 그럴듯한데!

적을 재료 삼아 전력을 복구하다니!

게다 적은 죽지도 못한 채 질긴 생명력을 유지하고 있다.

적의 죽음을 바탕 삼아 성장하는 매서커보단 인도적이잖

은가.

문제는… 흡혈 의식인데.

실눈의 가슴에서 샤벨을 뽑았다.

"흐윽……."

피를 머금은 검신에선 요염한 붉은빛이 흘렀다.

이젠 결코 혐오스럽지가 않다.

굳이 감상을 말하자면 투명한 빨대를 타고 올라오는 석류 음료가 연상되는 그림이다.

…바로 그거다!

피가 아니야. 피로 생각하지 않으면 되는 거야.

그저 다른 대상으로 상상하면 되는 거였다.

비로소 흡혈에 대한 거부감을 털어내는 주문을 발견하고 말았다.

살아난 망토를 휘두르듯이 크게 둘렀다.

광소가 절로 터져 나왔다.

"우하하핫—!"

'피가 아니고 석류 음료야!'

이제 유쾌한 마무리만 남았다.

실눈은 힘이 모두 빠진 상태로 철문을 향해 기어가고 있었다.

실제 실눈은 가슴에 검이 박힌 순간 로그아웃을 했다. 지금 본능적으로 움직이는 것은 껍데기만 남은 NPC 몬스터의 인공지능일 뿐이다.

나는 껍데기만 남은 채 기어가는 실눈 가까이에 귀를 가져다 대고 무언가 이야기를 듣는 식의 모습을 연출했다.

"오, 그렇다는 거지."

고개를 끄덕이며 만족한 웃음을 노골적으로 연출했다, 누가 보란 듯이.

역시나… 겁에 질린 듯한 목소리의 나레이션이 흘러들어왔다.

─…본사가 개발한 고어 엔진은 성인 유저들에게 더욱 깊은 몰입감을 선사할 것입니다. 그렇습니다, 고어 엔진이 여러분을 진정한 가상 인류로의 각성을 이끌 것입니다.

길고 큰 환호성이 호응하듯 뒤따랐다.

"와아─!!"

…정말 눈치없구나.

機甲戰記
Massacre
기갑전기 매서커

　나는 달렸다, 화려한 이펙트가 터지는 장소로.

　바로 만월의 궁전이었다.

　내가 다크 지오를 감추어놓은 장소이기도 하다.

　바미안이 서버 점검 중인 반면, 흐르는 섬은 여전히 플레이
가 진행 중인 클로즈 필드 역할을 하고 있었다.

　"…E&T 필드다."

　"어떻게 된 거지?"

　전시장의 웅성거리는 소음이 이제야 커졌지만 무시했다.

　분수를 중심으로 전투가 격렬하게 전개되고 있었다.

　그 가운데 실비가 있었다.

장내는 전투의 이펙트로 가득 차 있었다.

누구도 나의 등장을 주시하지 않았다. …나 역시 지켜볼 수밖에 없는 상황.

실비의 모습이 팟! 하고 꺼지듯 사라졌다.

그리고 어느 한 덩치 큰 뱀파이어 앞에 불쑥 나타나더니 은으로 된 뜨개코를 대상의 가슴에 박아 넣었다.

"크헉!"

감히 눈이 따라갈 수 없는 빠름이라, 대상은 순식간에 꺼꾸러졌다.

"잡아!"

관을 쓴 뱀파이어들이 경호성을 외침과 동시에 실비는 꺼지듯이 사라졌다. 그리고 전혀 엉뚱한 장소에서 모습을 드러냈다.

관을 쓴 뱀파이어들이 그런 실비를 쫓았다.

병장기를 꺼내 든 공방 자세를 취한 채로 사라졌다가 나타났다를 반복하며 실비를 존재를 쫓기 시작했고, 모습이 나타날 때마다 공간이 비명을 터뜨렸다.

팟— 팟— 팟!

그렇게 인체의 빠른 움직임이 은의 궤적이 되어 공간에 흘렀다. 이 흐릿한 궤적은 멈추면 선명해지고 움직이면 흐려지기를 반복했다.

내 눈은 뱀파이어들의 움직임을 따라가기가 힘들 지경이었다.

아무튼 마법사의 공간 이동과는 전혀 다른 순수 신체 능력의 극대화가 만든 움직임. 뱀파이어 일족의 빠른 움직임은 바로 이런 것이었다.

그리고,

"크학!"

"케헥—!"

뱀파이어 일족 특유의 빠른 이동 속도지만 퀸의 빠르기엔 역부족인지 가슴에 가느다란 은색 뜨개코가 박혀 쓰러지는 뱀파이어들이 늘어났다.

완벽한 원 샷 원 킬.

*   *   *

이 순간, 나는 행사고 뭐고 다 잊어버렸다.

일주일간을 실비와 도망 다닌 나다.

이런 난전은 실비가 무척 싫어함을 너무나도 잘 알고 있다. 그녀는 나를 이용한 낚시를 즐겼다. 나를 미끼로 던지고 나를 덮치려는 뱀파이어들을 처단했다.

그래, 유희였다.

지금의 처절한 격투는 그녀와 전혀 어울리지 않았다.

바미안을 지키기 위해 나는 다크 지오를 포기해야만 했다.

다크 지오를 감춘(?) 곳이 모든 사건이 시작된 바로 이 장소다.

여하튼 실비는 충분히 자기 한 몸쯤은 감출 수 있는 능력을 가지고 있다. 하나 지금 그녀는 모습을 드러내 놓고 가장 싫어하는 방법으로 싸우고 있다.

왜?

격전의 한구석에는 타르타로스의 석화술을 시전해 나체 석고상으로 모습을 감춘 다크 지오가 있을 뿐이다.

'설마… 나를 지키려고?'

믿기지 않았다.

그러나 생각을 이어갈 수 없을 정도로 상황은 급변했다.

공세에서 자리를 지키는 식의 수세로 전환하는 뱀파이어들이 늘어나자 얼음 꽃이 외쳤다.

"시간은 우리 편이다! 이 정도 빠르기라면 제아무리 퀸이라 해도 얼마 유지하지 못해!"

"과연 그럴까?"

말을 제대로 끝맺지도 못한 상태에서 실비가 나타나 얼음 꽃의 머리에 쓴 관을 낚아채더니 비릿하게 웃곤 사라졌다.

"헉!"

얼음 꽃이 당황하며 얼어붙었다.

이어 멀리서 실비의 외침이 들려왔다.

"너만은 마지막까지 남겨두겠어! 네 더러운 목은 이 몸이 친히 이빨을 박아 넣어주지! 하하핫—!"

통쾌한 웃음소리의 여운이 길다.

대단한 땅콩이 아닐 수 없다.

어느 사이엔가 나는 실비를 응원하고 있었다.

묘한 동질감을 그녀에게서 느껴졌다. 아니, 이는 동질감이 아니다. 이는 오히려 동경이 맞으리라.

다수를 상대로 한 힘든 싸움? 단순히 그것 때문이 아니다.

그녀는 자신의 역할에 충실하다!

뱀파이어 퀸으로서, 만월의 일족의 수장으로서.

함정이 차려져 있음을 알면서도 그 속으로 당당하게 들어서는 용기, 그리고 그 용기를 발현하는 스스로에 대한 굳건한 확신이 엿보였다.

그렇다.

이는 가상에서만큼은 자신이 되고자 하는 모습을 절대 양보하지 않겠다는 자기와의 약속을 지키려는 자세가 아닐까.

현실의 자신에 대한 혐오나 의심을 넘어선, 순수한 자기 신뢰의 다른 모습은 아닐지.

아무튼 싸움은 격렬하게 진행되었다.

은관을 착용한 뱀파이어 프린스와 프린세스들이 집요하게 실비를 쫓았다. 이제는 더 이상 쉽게 뜨개코에 쓰러지는 뱀파이어들은 없었다.

"실버 스트림—!!"

실비의 외침이 터지며 은빛의 회오리가 휘몰아쳤다.

"크악—!"

"케헥!"

이 은빛 회오리가 덮친 공간엔 수명의 뱀파이어들이 쓰러져 고통스럽게 버둥거렸다.

단일 공격이 먹히지 않자 광역 스킬을 터뜨린 것이다.

효과는 확실했다.

하지만 그 때문에 실비의 움직임이 내 눈에 따라잡힐 정도로 느려졌다. 그래도 아직은 뱀파이어 프린스들과 거의 비슷한 빠르기다.

챵, 채챙!

그래서인가, 드디어 무기들이 교차하는 금속 파열음이 공간을 가득 메우기 시작했다.

버번쩍—

금속끼리 부딪쳐 뿜어져 나오는 새파란 빛의 점멸이 현란했다.

병장기의 겨룸에선 실비의 열세가 확연히 드러났다.

실비의 무기는 어디까지나 뜨개코이니까.

그 붉은 망토를 뜨던 뜨개코가 퀸의 무기라니…….

하나 그녀는 나를 향해 눈을 찡긋하는 여유까지 부렸다.

실비의 눈은 살아 있었다. 아니, 이제부터 새파랗게 빛이 나기 시작했다는 게 맞다.

실비가 위기에 몰려 물러나며 머리칼을 세차게 흔들었다.

붉은 달빛을 머금은 은빛 머리칼이 요동쳤고, 하나의 잔상이 그녀에게서 분리되었다.

이 부드러운 잔상이 달려드는 무리와 격돌했다.

스츠츳— 파슈슉—!

"아악!"

"켁!!"

은빛 잔상에 적중당한 뱀파이어들이 순식간에 두 동강이 나더니 바닥에 나뒹굴었다. 그 수는 무려 여덟.

유저들을 상대로 몰이사냥을 하다니… 하지만 그게 전부가 아니었다.

쓰러진 이들을 상대로 실비의 섬세한 손가락이 춤을 춘다. 그럴 때마다 어김없이 가슴에 뜨개코를 품고 한 명씩 쓰러졌다.

저 가느다란 섬세한 팔에서 어떻게 저런 완력이 나올 수 있단 말인가.

놀람의 연속이었다.

뱀파이어 퀸. 대단한 데미지 클래스임이 분명했다.

그렇게 실비가 날뛰면 날뛸수록 뱀파이어들은 위축되었다.

하나 뱀파이어들은 달려들기를 멈추지 않았다.

실비의 어깨가 조금씩 들썩거리고 있음을 알기에.

그랬다.

그녀는 특유의 광역 스킬을 터뜨릴수록 급격히 지쳐 가고 있었다.

이후 간간이 뱀파이어 프린스들에게 등 뒤를 따라잡혀 스킬 발현이 방해받기에 이르렀다. 그럴 때마다 실비는 쥐어짜듯이 급속 이탈을 감행해야 했다.

그렇게 피의 추격전은 계속 이어졌다.

나는 그저 이 상황을 지켜볼 뿐이다.

그러는 사이 알게 모르게 둥근 원이 넓게 만들어졌고, 그 안에 실비와 뱀파이어 프린스와 프린세스들만이 술래잡기에 참여하는 그림으로 압축되었다.

원은 점점 조여들어 갔다.

실비가 원을 넘어 벗어나려 했다. 하나 속력의 우위가 사라진 후라 기회를 번번이 놓치기 일쑤였다.

"하— 이거, 머리 좀 썼는데?"

실비가 원 안의 중심에 멈추어 서자 술래잡기에 참여한 상위 뱀파이어들도 각자의 위치에 멈추어 섰다. 마치 약속이라도 한 듯 그 모습이 자연스러웠다. 남은 상위 뱀파이어들의 수는 열두 명으로, 이들 역시 숨을 가쁘게 몰아쉬고 있었다. 배구 선수가 끝이 났다고 확신하는지 비릿하게 웃었다.

"발악은 여기까지입니다."

"발악?! 아직은 아니지. 오히려 이쁘게 모아줘서 고맙다고 말할 참이거든."

"……?"

실비의 시선은 배구선수를 건너뛰어 방관하는 뱀파이어들

에게로 향했다.

"아무튼 내가 이렇게 싸우는데 구경만 하고 있다니… 정말 실망이야."

배구선수가 이죽거렸다.

"저들도 강해지고 싶어하니까요. 당연한 게 아닐까 합니다."

"한 사람이라도 내 편이 있을 줄 알았는데… 씁쓸하군."

실비는 수긍한다는 식으로 고개를 끄덕였다. 동시에 실비를 중심으로 붉은 기운이 피어올랐다.

"뭐, 그 덕에 나야 편하게 됐군. 아무튼 받은 건 돌려줘야 겠지."

"무슨?"

실비는 그저 피식 웃을 뿐이었다.

"만월의 약속에 따라 그 주인에게로 돌아갈지어라―!"

실비의 말이 끝나기가 무섭게 붉은 에너지체가 실비를 중심으로 방사형으로 뻗어나가 주변의 공간을 뒤덮었다.

화라라라락!!

파샷샤샤샤― 퍼퍽― 퍽!

"아악!!"

"크헉!!"

실비를 둘러싼 열두 명의 고위 뱀파이어는 무사했다.

반면, 원을 이룬 하급 뱀파이어들은 이 붉은 에너지체에 적 중당하며 가슴을 부여잡았다. 이는 방관자들도 예외가 없었다. 죽지는 않았지만 입은 데미지는 커 보였다.

뿌려진 이 붉은 에너지체의 정체는… 분명 피였다.

그래서인가, 실비의 안색이 파리해 보였다.

"너희들에게서 받은 더러운 피는 이제 모두 돌려줬어. 덕분에 몸이 가뿐해지는군."

"…뭘 어쩌자는 거야?"

배구선수가 더듬거렸다.

"아직 끝나지 않았어. 자, 그럼 내가 받은 것은 돌려줬으니까 이제 내가 준 것을 돌려받을 차례… 겠지."

"……?"

"만월의 약속에 따라 근원으로 돌아올지어다—!"

실비가 무엇을 하려는지 뱀파이어들이 더 잘 아는 것 같았다.

"안 돼! 이 지독한 년—!"

"미친! 멈춰!! 크으—!"

붉은빛의 폭풍이 실비를 중심으로 몰아쳤다.

휘오오오—

공동에 있는 뱀파이어라면 누구 하나 예외가 없었고, 그것은 멀리서 방관하고 있던 뱀파이어도 마찬가지였다.

순간 놀라운 광경이 펼쳐졌다.

뱀파이어들의 부여잡은 가슴에서 붉은 빛덩어리들이 분리되어 전부 실비의 손으로 빨려들어 가기 시작한 것이다.

고오오오오—

빛덩어리를 뱉어낸 뱀파이어들은 누구 하나 예외없이 무릎을 꿇었다.

그리고 고통에 헐떡거렸다.

빛의 폭풍에서 무사한 것은 실비를 둘러싼 고위 뱀파이어 열두 명뿐이었다.

실비의 손끝에 모인 붉은 빛덩어리는 시간이 지날수록 요요로운 빛을 뿌리는 붉은 구체로 형상을 갖추어갔다.

"이게 바로 너희들이 원하는 거지?! 소원을 들어주지."

실비는 요염하게 뭉친 붉은 구체를 냅다 뿌렸다.

휘리리리링, 텀벙ㅡ

누가 말릴 사이도 없이 붉은 구체는 분수 속으로 떨어졌다.

물이 물에 녹아내리듯 분수 속으로 붉은 구체가 녹아내렸다.

맑은 물이 고여 있던 분수 안은 금세 붉게 물들었고, 분수 꼭지에선 붉은 물이 뿜어져 나오기 시작했다.

마치 동맥이 터진 것 같은 장면이다.

피비린내가 풍겨오는 게 아닌가 하는 착각이 들 정도로 분수대 안의 농담은 붉게 짙어져만 갔다.

'시팔, 변태 E&T!'

이 분수의 변화는 기이한 사태를 불러일으켰다.

크으으으으ㅡ

짐승의 낮은 울부짖음이 깔리며 뱀파이어들의 모습에 변화가 일어나기 시작한 것이다.

송곳니가 흉측하게 삐죽 돋아나고 있었다.

갑작스런 신체 변화에 뱀파이어들이 어쩔 줄 몰라 했다.

이어,

"맙소사! 뱀파이어로 전직하다니."

"만월의 일족 클래스가 뱀파이어 클래스로 변했어······."

"안 돼, 이건 아냐! 이건 아니라고!'

"내가 몬스터가 되는 거야?! 싫어!'

공동 곳곳에서 쥐어짜는 신음과 절규로 장내는 혼란의 도가니로 변했다.

그들에겐 예외인 줄 알았던 타락의 저주가 일어난 것이다.

*   *   *

만월의 의식을 주관하는 핵심인 분수는 오염되었다.

실비는 자신을 허탈한 표정으로 노려보는 고위 뱀파이어들에게 두 눈 가득 조롱을 담아 바라보았다.

"뱀파이어 일족으로의 전직을 축하드려야 하나? 하핫―!"

"······."

고요했다.

나는 실비가 무슨 일을 방금 벌였는지 정확히 알 수 없다. 하지만 짐작은 할 수 있었다.

저들은 '만월의 일족'이었지, 흔히 말하는 뱀파이어는 아니었다. 내 눈엔 둘 사이에 별 차이를 느낄 수 없었지만 어쨌든 실비가 취한 모종의 조치로 이들 대다수가 뱀파이어 클래스로 변한 것이다.

자신에게 도전하는 이나 방관하는 이나 똑같이 타락의 저주를 내린 셈.

얼음 꽃이 울먹이며 말했다.

"분수를 망가뜨리다니……."

"왜?! 침이라도 뱉어줄까? 뭘 바란 거야? 원래 실력이 없으면 그런 거야."

"이익, 죽여 버리겠어!!"

"얼마든지."

얼음 꽃이 실비를 향해 쇄도했다. 손에 든 검에서 삼원색의 빛덩어리가 실비를 향해 튀어나왔다. 오러였다.

"처음부터 이랬어야지."

실비 역시 말은 그렇게 했지만 뜨개코 수개를 빛덩어리를 향해 급하게 뿌렸다.

콰작— 콰광!!

요격당한 오러덩어리가 실비의 코앞에서 터져 나갔다.

오러덩어리가 터진 충격파에 공간이 울렁거렸고, 비산한 오러가 석판에 튀어 돌먼지를 가득 일으켰다.

실비가 서 있던 자리를 중심으로 돌먼지가 뿌옇게 피어올랐다.

약간의 시간이 흐르고, 가라앉는 먼지 사이로 실비의 모습이 그녀 자신의 그림자 속으로 녹아내리는 그림이 보였다.

뜨악한 그림이 아닐 수 없다.

뿌연 먼지가 가라앉자 실비의 모습이 어디에도 없는 것이다.

먼지로 화하기라도 했단 말인가.

그러나 그건 아니었다.

배구선수가 외쳤다.

"빌어먹을, 타르타로스의 망토다!"

각자의 눈이 탐욕으로 물들었다. 배구선수의 입이 좋아서 길게 그려졌다. 설마 실비가 이 자리에 파편 무구를 가지고 올 줄은 몰랐다는 눈치.

"…그림자! 자신들의 그림자를 살펴!!"

하나 말이 채 끝나기도 전에 배구선수의 그림자 속에서 붉은 그림자가 불쑥 일어났다. 붉은 망토의 실비였다.

그녀는 들뜬 배구선수의 엉덩이 중심에… 은빛 꼬챙이를 가차없이 쑤셔 넣는 게 아닌가.

"크억……!"

"나도 이러고 싶진 않지만 손이 닿질 않아서… 아팠다면 미안. 아주 약간이지만."

배구선수는 엉덩이에 손을 가져간 그 자세 그대로 얼굴을 땅으로 향하며 엎어졌다.

쿵—!

비명도, 신음도 없이 금붕어처럼 입만 벙긋벙긋거렸다.

오, 노—!

그 고통, 연상하기조차 싫다. 다가가 따뜻하게 손이라도 잡아주고 싶은 심정이다.

'그러니 어지간히 설칠 것이지.'

꺼꾸러진 상대에게 조롱을 마친 실비의 모습이 배구선수의 그림자 속으로 스르륵 녹아내리며 사라졌다.

수많은 에너지체가 그 뒤를 따랐고, 금붕어가 된 배구선수를 유린했다.

콰쾅—!!

"크악—!"

단말마의 비명과 함께 배구선수는 회색 음영으로 변해 퇴장당하고 말았다. 데드!

동료들에게 당하다니… 공격을 가한 자들의 움직임이 경악으로 굳었다

한데 회색 음영이 사라진 자리엔 피처럼 붉은 망토만 덩그러니 남아 있다는 것.

어쨌든 이후 고위 뱀파이어들이 자신의 그림자를 노려보는 사태가 벌어졌다. 그리고 무슨 낌새가 느껴지기만 하면 자신의 그림자에 검을 박거나 마법을 난사했다. 자신의 그림자를

상대로 한 드잡이를 벌이는 우스꽝스러운 그림이 펼쳐졌다.

이를 보건대, 그림자를 이용한 실비의 등장은 파편 무구의 권능임이 확실했다.

오직 나만이 그녀의 움직임을 알아챌 수 있었다, 그녀와 내가 붉은 실로 연결되어 있으므로.

이대로라면 고위 뱀파이어들의 반역이 실패로 돌아갈 게 뻔해 보였다. 그러한 마음으로 긴장을 놓으려는 순간,

"직접 와보길 잘했군. 프린스와 프린세스를 보호해라―!"

구석에 후드를 눌러쓴 이들이 우르르 튀어나와 고위 뱀파이어들을 보호하듯이 에둘러 쌌다.

그 기세가 상위 뱀파이어들과는 사뭇 달랐다. 그 수는 대략 50명.

한데 문제는 외친 이의 목소리가 어디서 들은 듯하다는 것이었다.

얼음 꽃이 새로 등장한 이를 반겼다.

"장미님! 부탁합니다."

"당연히… 파편 무구를 회수할 절호의 기회니까요."

그렇다. 그녀는 아바타르 길드 운영 위원, 가시 없는 장미였다.

정말 집요한 누나다.

'아, 무서워!'

아니, 뭐 그렇다는 거다.

"부탁해요. 보시다시피 그녀는 우리의 천적입니다."

"그럼 파편 무구 회수에 들어가겠습니다."

"예?"

"퀸은 한 명이면 되는 거죠? 물론 당신이면 되고? 거기까지가 우리 약속이죠?"

"무슨?"

"호호, 지켜만 보세요. 시작해!"

장미의 으스스한 분위기의 지시가 떨어지자 그녀의 일당들이 자신들이 보호하던 고위 뱀파이어들에게 기습을 가했다.

"아악—!"

"크악—!"

곳곳에서 짧은 단말마의 비명이 터져 나왔다.

장미 일당들이 고위 뱀파이어들을 처단하다니?!

"제 동료들에게 이게 무슨 짓이죠?!"

얼음 꽃이 가시 없는 장미에게 외쳤다.

그러나 의문은 곧 풀렸다.

후드로 모습을 가린 가시 없는 장미가 죽은 배구선수가 남긴 핏빛 로브를 들어 올려 얼음 꽃에게 보여주었다.

"만월의 망토가 왜요?"

"역시, 타르타로스의 향기가 느껴지는군. 파편 무구를 이런 식으로 숨겨놓다니. 영악한 것!"

"무슨?"

"실비는 일찌감치 파편 무구를 파괴했어. 아니, 분리했죠. 그것도 눈치채지 못하다니… 쯧."

"그럴 리가……."

"타르타로스의 망토를 실로 풀어 이렇게 전혀 다른 '만월의 망토'를 만들어 선물로 돌렸단 말이에요. 이 자체로도 실비의 함정이 아닐 수 없는 겁니다. 실비가 나타날 수 있는 그림자는 만월의 망토를 가진 사람들뿐. 그러니까 그런 자신감을 가질 수 있는 것이고요."

"…그, 그런?"

만월의 망토를 착용한 자가 실비에게 등을 완벽하게 내줄 수밖에 없는 이유가 밝혀졌다.

"나야 파편 무구를 회수해야 하니까 파편 무구가 어떻게 변하더라도 한눈에 알아볼 수 있었던 거구요. 망토를 회수하기 위해 동료들에게 한 행동은 약간 미안하군요. 나중에 설명 잘해주세요."

"그, 그럴 수가……."

배신자 얼음 꽃은 넋이 나간 얼굴이다.

아무튼 나도 '제기랄!'이다.

나 역시 실비에게서 '만월의 망토'를 선물받았다. 어쩐지 스펙이 어이없더라니.

상위 뱀파이어들의 만월의 망토가 회수되어 가시 없는 장미에게 모두 모아졌다.

얼음 꽃은 그저 멍하니 서 있을 뿐. 만월의 일족으로든 뱀파이어 일족으로든 오늘은 그녀에게 최악의 날이리라.

그 반면, 달빛을 받은 가시 없는 장미의 백회색에 가까운 팔뚝이 핏빛 망토와 어울리며 으스스한 대비를 불러일으켰다. 그녀의 하얀 턱 선 역시 똑같은 감상을 불러일으켰다.

그녀는 망토를 들어 올렸다 내렸다 하며 뭔가 가늠하는 눈치다.

"흐흠, 열한 벌을 모았지만 회수율은 고작 33%라… 대체 얼마나 뿌려댄 거야?"

가시 없는 장미의 서늘한 눈빛이 얼음 꽃에게로 향했고, 얼음 꽃은 뭔가에 홀린 듯한 표정으로 자신의 망토를 건넸다.

"이게 파편 무구로 만든 것이었다니… 그런 줄도 모르고……."

후회가 넘치는 혼잣말이다.

그때였다. 망토 안에서 작은 음영이 튀어나와 가시 없는 장미에게 일격을 가했다.

사라락, 츠팡!

"죽어!!"

"꺄악!!"

역시나 망토 안에서 튀어나온 건 실비였다.

가시 없는 장미는 가슴에 뜨개코를 무려 수개나 박고 저 멀리 튕겨 날아갔다.

그러나 그녀는 쓰러지자마자 벌떡 일어났다.

그리고 몸에 박힌 뜨개코를 손을 내저어 먼지 털어내듯이 털어냈다. 마치 아무 일도 없었다는 듯이.

"약간 아팠네요."

"씽!"

"훗, 몬스터가 되는 게 그리 나쁘진 않답니다. 파편의 무구가 아닌 이상 나를 죽일 수 있는 건 아무것도 없으니까요. 유저들이 원하는 천하무적의 캐릭이 바로 저랍니다."

"헹, 천하의 리치 로드시라 이거야?! 거물 행차하셨네. 좋아, 언제 한번 몬스터 로드와 대결하고 싶었는데 잘됐군. 어때? 일대일로 어울려 볼까?"

"당신의 유흥에 응할 수 없어 죄송하군요. 아픈 기억이 있어서 제겐 여유가 없답니다."

"아바타르의 그 장미님께서 어쩌다 그렇게 되셨을까나?"

"밟을 수 있을 때 완벽하게 밟아둬야 한다는 게 제 결론입니다."

"어머, 무서워라."

"저는 파편 무구를 회수한 최초의 몬스터 로드가 되는 일이 급하답니다. 그리고 회수된 무구의 권능과 새로운 퀸의 도움을 받아 바미안 내부로 통하는 게이트도 열어야 되고요."

부르르.

나는 장미 누님의 집요함에 진저리를 쳐야 했다.

가시 없는 장미는 여유롭게 말을 이어가며 비쩍 마른 손가락을 실비에게 겨누었다.

 "데스 핑거―!"

 "어딜!"

 파짜짝짝―!

 두 사람이 발출한 에너지체가 중간에서 충돌하며 회백색의 스파크를 뿜어냈다.

 그와 동시에 고위 뱀파이어들을 처단한 일당들이 실비에게 쇄도했다. 그들은 가차없이 오러를 날렸고, 형형색색의 마법체가 실비를 향해 몰아쳐 갔다.

 이 공격 범위는 넓다.

 실비가 몸을 피할 것이라 예상되는 모든 공간이 공격 포인트였다.

 콰광―!

 파편이 비산하고 에너지끼리 충돌한 여파가 사납게 공간을 찢어발겼다. 이런 범위 공격이라면 실비 특유의 빠른 이동도 소용없으리라.

 그러나,

 "…쿨럭."

 만신창이가 된 실비의 모습이 드러났다.

 "…헤, 이런 방법도 있구나. 어쩐지 나랑 농담 따먹기를 하더라니, 멋진데?"

"바미안의 영주를 잡으려고 특별히 훈련한 분들이랍니다. 전부 히든 클래스를 부여받은 대단한 분들이죠."

"대, 대단한데…… 하긴 바미안의 영주를 상대하려면 이 정도는 기본이겠지. 영광이군."

나는 이걸 칭찬으로 들어야 할지 난감할 뿐이었다.

가시 없는 장미가 말을 받았다.

"감사합니다. 그 어떤 히든 클래스라도 이분들을 벗어날 수는 없을 것이라 자신합니다."

굳이 설명하지 않아도 이 한 번의 연합 범위 공격은 강철 골렘이라도 큰 피해를 감수해야 할 것임이 분명했다.

마법체 안에 오러체가 숨어 있고, 오러체 안에 정령체가 숨어 있는 식이라면… 솔직히 나도 답이 없다.

실비는 너덜해진 망토를 들어 보이며 중얼거렸다.

"이거, 쪽팔리지만 줄행랑을 놓아야겠는데."

말과 함께 이미 실비는 자신의 그림자 안으로 녹아들어 갔다.

"어딜! 9시 방향!"

일당들은 장미의 지시대로 마법체와 오러체를 난사했고, 둥둥 떠다니는 정령체들이 이파, 삼파의 공격을 준비했다.

이번에도 공간을 뒤덮는 식의 범위 공격이었다.

슈슈슉, 콰광─!!

그 공격 범위 안에 있던 석상들이 파괴되며 파편이 튀어 올랐다.

"…11시!"

가시 없는 장미의 지시에 일당들은 한 치의 의심도 없이 마법체와 오러체를 뿌렸다.

콰광!!

실비의 이동 경로를 가시 없는 장미가 파편 무구의 자취를 쫓아 정확히 지시를 내리고 있음이다.

아름다웠던 만월의 궁전은 엉망진창이 되어갔다.

부서져 나가는 것은 궁전을 꾸민 예술품들이었다. 그 예술품 속에는 모습을 숨긴 다크 지오도 있었다.

뱀파이어들은 장미 일당들의 횡포를 그저 분노의 눈으로 지켜볼 따름이다.

장미 일당이나 실비나 밉기는 둘 다 마찬가지지만 더 미운 건 실비란 의미인가?

아니다. 비산하는 파편을 피하는 게 영 어설픈 것이, 뱀파이어로 타락하면서 자신들의 능력에 뭔가 제한이 걸린 게 분명했다.

실비가 산발적으로 저항을 했지만 압도하는 그림은 좀체 나타나지 않았다.

"잠깐, 공격 중지."

가시 없는 장미는 돌연 실비의 추격을 멈추게 했다.

그녀는 싸움의 권역에서 떨어진 뱀파이어들에게로 시선을 돌렸다.

"제가 잠시 말려들 뻔했군요."

"……?"

"호홋, 지금부터 주변 뱀파이어들을 처단하세요. 약은 여우보다는 파편 무구 회수가 먼저입니다."

"옙!"

차차착착—!

가시 없는 장미 일당들은 실비의 추격을 중지하고 구경 중인 뱀파이어들에게 달려들었다.

갑작스러운 전개.

쉬우우웅, 버번쩍!

"아악—!"

"크악!"

장내는 순식간에 아비규환의 상태에 빠져들었다.

이것은 일방적인 학살!

뱀파이어들의 수는 가시 없는 장미 일당에 비해 절대적으로 많다. 게다 뱀파이어 특유의 빠르기를 장기로 한다면 이런 일방적인 학살은 일어날 수 없는 그림이다.

도대체 뱀파이어들에게 무엇이 문제란 말인가?

얼음 꽃이 멍한 눈으로 가시 없는 장미를 바라보았다.

"왜?"

"파편 무구의 회수가 먼저예요."

"아무리 그래도……."

"가만히 지켜보기나 하세요. 조막만 한 여우까지 같이 잡을 수 있을 테니까. 후후."

가시 없는 장미의 예상은 맞았다.

뱀파이어들이 학살당하는 그곳에 실비가 나타나 가시 없는 장미 일당들을 상대로 거세게 저항하기 시작한 것이다.

실비가 상대를 바꿔 싸우길 수차례. 지칠 만도 하건만 특유의 여유와 독기는 여전했다.

그런데 그녀가 자신을 외면한 뱀파이어들을 보호하기 위해 싸우다니……

"호호, 역시 그렇군."

"예?"

"이미 그녀는 반 몬스터. 여우의 힘은 거느린 권속들의 숫자에 좌우된다는 뜻이죠. 즉, 권속들이 줄어들면 그녀의 힘역시 줄어들 수밖에 없는… 로드(Lord) 시스템에 속해 있는것입니다. 깔깔깔."

"아!"

실비가 막 나갈 수 있는 근간은 그런 것이었다.

                    *   *   *

"이 바보들아! 분수를 향해 달려가! 물을 마시라고! 힘을 다시 찾으란 말……"

실비의 외침에 그제야 뱀파이어들이 정신을 차리고 피의 분수를 향해 뛰어가기 시작했다. 궁전 내부는 어느 순간 엉망진창 뒤엉켜들었다.

몇몇 뱀파이어들이 분수에 얼굴을 들이밀고 고인 붉은 액체를 들이키는 데 성공했다.

"…돌아왔다. 힘이 돌아왔다."

그리곤 힘을 되찾은 그들은 남은 뱀파이어들을 보호하기 위한 싸움에 합류했다.

하나 이도 그리 오래가지는 못했다.

"분수를 에워싸고 접근하는 족족 죽여 버리세요."

가시 없는 장미의 명령은 단호했다.

파자자작—

"크아악—!!"

가시 없는 장미는 느긋하게 명령을 내리며 손수 데스 핑거를 날려 분수에 머리를 들이민 뱀파이어들을 죽였다.

"호호홋—!"

스스로의 힘에 취한 그녀의 웃음이 천장 높은 곳까지 울렸다.

어느새 분수 주변은 뱀파이어들의 무덤으로 화했다.

그렇게 뱀파이어들이 죽어나가자 실비의 움직임이 점점 느려지는 게 확연히 드러났다.

흩어졌던 뱀파이어들이 한곳으로 모여들었다. 출구인 정중앙 회랑 안이었고, 석상을 넘어뜨려 중앙 홀과 분리된 바리케이트를 쌓았다. 그리고 그 바리케이트 앞에는 실비가 서 있었다.

석상 하나만 멀쩡했고 그 앞에 실비가 자리했으니……. 뱀파이어들의 앞을 가로막고 선 형국.

나는 뱀파이어들 틈에서 석상 쪽으로 다가갔다.

가쁜 숨을 몰아쉬는 게 뒤에까지 들릴 정도였고, 손끝이 달달 떨리는 게 눈에 잡혔다.

…거기까지가 한계였다.

회랑 안으로 진입하려는 가시 없는 장미 일당들을 상대로 그녀는 처절하게 저항했다. 단 한 뼘도 양보하지 않겠다는 자세로 일관했다.

가시 없는 장미 일당들이 죽은 뱀파이어에게서 만월의 망토를 회수하는 과정에서 약간의 소강상태가 발생했다.

나는 이제 충분히 볼 만큼 보았기에 그녀와 함께해야겠다는 생각에 옆에 섰다.

행사고 뭐고 다 필요없다. 이제 확실해졌다.

실비의 등 뒤에 위치한 대리석 조각상은 바로 나, 다크 지오였다. .

무리에서 앞으로 나서는 나를 어느 누구도 주의 깊게 바라보진 않았다. 그렇게 나는 실비 옆에 섰다.

실비는 힐긋 나를 보더니 이내 고개를 돌려 정면을 향했다. 그리고는 지치고 떨리는 목소리로 입을 열었다.

"…하루를 안 봤는데, 1년을 안 본 것 같아…….."

"······!"

팬텀 뱀파이어로 화한 나를 그녀는 단번에 알아보았다.

뭐라고 해야 할까, 진심이 전해져 오는 것이 가슴이 먹먹해졌다.

한데 언제 그런 말을 했었냐는 듯 실비에게서 찬 기운이 팽팽하게 피어올랐다.

"바보─! 왜 나왔어? 곧 끝인데······."

하나 이미 마음을 보인 뒤, 소용없는 차가움이라.

"파편 무구를 지키려면 어떻게 하면 되지? 아냐! 널─! 널 지키려면 어떻게 하면 되지? 널 지키고 싶어!!"

나도 모르게 외쳤다.

약간의 침묵이 흘렀다. 실비의 어깨가 가늘게 떨렸다.

"···나를 죽여, 그러면 돼."

그렇게 말하며 실비가 나를 쳐다보았다. 눈과 눈이 마주쳤고 그녀의 눈에 투명한 무언가가 맺혀 있었다.

순간 심장이 짠한 게 실비를 왈칵 끌어안았다. 품 안에 작은 몸이 빨리듯이 들어왔다.

···그저 지켜주고 싶다.

내가 대답했다.

"좋아, ···간단하군."

나는 실비의 가는 목에 입을 가져다 댔다, 부드럽게······.

그리고 격렬하게 받아들였다. 그녀를…….

은빛 기둥이 하나된 우리 둘에게 떨어졌고… 다크 지오의
석조상이 먼지로 화해 부스스 흩어졌다.

『기갑전기 매서커』 9권에 계속…

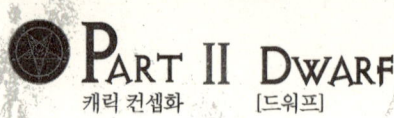 PART II DWARF

캐릭 컨셉화   [드워프]

"쯧쯧, 인간들은 예술을 몰라……."

Rough
Sketch   Yu Ra Kim

가면의 레온

the Mask of Leon

눈매 퓨전 판타지 소설

**중원을 공포로 떨게 만든 희대의 악마, 혈마존.
그의 영혼이 기억을 잃은 채 차원 이동을 한다.**

한 소년과 몸이 바뀐 후 깨어난 혈마존.
기억은 지워지고 싸가지없는 본성만 남았다!
욱할 때마다 튀어나오는 살벌한 말투와 그의 독자 무공.

**'아, 나는 왜 이렇게 성격이 더러운가?
어째서 이리도 잔인한 기술을 알고 있는 것인가? 착하게 살고 싶다.'**

살인광이었던 그가 전혀 어울리지 않는 대신관이 되기로 결심한다.
하지만 그 본성이 어디 가나……

"이런 빌어 처먹을 놈들, 신전에서 봉사 활동 안 할래?"

유행이 아닌 자유추구 -
WWW.chungeoram.com
Book Publishing CHUNGEORAM

임준욱 장편 소설

무적자

WITHOUT MERCY

무적자

임준욱 장편 소설

무적자

WITHOUT MERCY

WITHOUT MERCY
청어람 창립 10주년에 걸맞는 장르문학 대표 특선작
**왕의 귀환!! 장르소설계의 거장 임준욱,
그가 돌아왔다!**

그의 이름은 임화평(林和平)이다.
이름처럼 살기를 소망했고 그렇게 살아왔다.
그를 건드리지 말았어야 했다.
조용히 살게 놔두었어야 했다.

"너희들 실수한 거야.
내 세상의 중심,
내 평안의 근거를 깨뜨린 거다.
세상 전부와도 바꿀 수 없는······
알게 해주마. 너희들이 누구를 건드린 건지."

그의 고독한 여정이 시작되었다.

— 오, 바라타족의 아들이여, 언제든지 정의가 무너지고 정의가 아닌 것이
판을 치는 때가 되면 나는 곧 나 자신을 나타내느니라.
올바른 자를 보호하기 위하여, 악한 자를 멸하기 위하여, 그리하여 정의를
다시 세우기 위하여, 나는 시대에서 시대로 태어난다.

〈바가바드기타 중에서〉

유행이 아닌 자유추구 ─
WWW.chungeoram.com
Book Publishing CHUNGEORAM

팔선문

八仙門

정봉준 新무협 판타지 소설

『철산전기』의 작가 정봉준!!!
팔선문을 통해 또 다른 유쾌함을 선사한다!!

뛰어난 자질을 갖춘 팔선문의 대제자 유검호,
그의 치명적인 단점은 게으름과 의지박약!

천하제일마두의 기행에 재수없이 동참하게 된 의지박약아.
갖은 고생 끝에 가까스로 고향으로 돌아오다.

"무림? 그딴 건 개나 주라 그래. 나만 안 건드리면 돼!"

시간을 가르는 그의 행보에 무림이 뒤집어진다!!!

유행이 아닌 자유추구 -
WWW.chungeoram.com
Book Publishing CHUNGEORAM

War Mage

워메이지

김재한 퓨전 판타지 소설

사람들이 인식하는 상식의 세계 이면,
짙은 어둠이 드리워진 그곳에 사는 괴물들이 있다.

문명이 드리운 그림자 속에서, 전투기계들과
인간의 사념으로부터 태어난 마물들이 격돌한다.
마법과 주술이 난무하는 초현실적인 전장,
소년은 그곳에 서는 대가로 인생을 잃었다.
운명의 노예가 되어 가족과 인성을 잃어버린 소년, 진유현.

총염(銃炎)과 검광(劍光)이 뒤얽히는
어둠의 거리에서, 운명의 족쇄를 끊고 나온
소년의 눈이 살의를 발한다.

 유행이 아닌 자유추구 —
WWW.chungeoram.com
Book Publishing CHUNGEORAM